Amos Daragon,
la clé de Braha

Dans la série Amos Daragon :

Amos Daragon, porteur de masques, roman, 2003.
Amos Daragon, le crépuscule des dieux, roman, 2003.
Amos Daragon, la malédiction de Freyja, roman, 2003.
Amos Daragon, la tour d'El-Bab, roman, 2003.
Amos Daragon, la colère d'Enki, roman, 2004.
Amos Daragon, voyage aux Enfers, roman, 2004.
Amos Daragon, Al-Qatrum, les territoires de l'ombre,
    hors série, 2004.
Amos Daragon, la cité de Pégase, roman, 2005.
Amos Daragon, la toison d'or, roman, 2005.
Amos Daragon, la grande croisade, roman, 2005.
Amos Daragon, porteur de masques, manga, 2005.
Amos Daragon, le masque de l'éther, roman, 2006.
Amos Daragon, la fin des dieux, roman, 2006.
Amos Daragon, la clé de Braha, manga, 2006.
Amos Daragon, le crépuscule des dieux, manga, 2007
Amos Daragon, le guide du porteur de masques,
    hors série, 2007.

Romans pour adultes chez le même éditeur :

Pourquoi j'ai tué mon père, roman, 2002.
Marmotte, roman, réédition, 2002 ; première édition,
    1998, Éditions des Glanures.
Mon frère de la planète des fruits, roman, 2001.

BRYAN PERRO

Amos Daragon,
la clé de Braha

Les Éditions des Intouchables bénéficient du soutien financier
de la SODEC, du Programme de crédits d'impôt du gouver-
nement du Québec, du PADIÉ et sont inscrites au Programme
de subvention globale du Conseil des Arts du Canada.

LES ÉDITIONS DES INTOUCHABLES
4701, rue Saint-Denis
Montréal, Québec
H2J 2L5
Téléphone : 514-526-0770
Télécopieur : 514-529-7780
www.lesintouchables.com

DISTRIBUTION : PROLOGUE
1650, boulevard Lionel-Bertrand
Boisbriand, Québec
J7H 1N7
Téléphone : 450-434-0306
Télécopieur : 450-434-2627

Impression : Transcontinental
Infographie et maquette de la couverture : Benoît Desroches
Illustration de la couverture : Jacques Lamontagne
Logo : François Vaillancourt

Dépôt légal : 2003
Bibliothèque nationale du Québec
Bibliothèque nationale du Canada

ISBN 2-89549-088-0

Prologue

Il y a très longtemps, dans les contrées luxuriantes de Mahikui, s'élevait une cité grandiose. Celle-ci s'appelait Braha, ce qui signifiait en langue mahite «divine merveille du monde». Une immense pyramide érigée au centre de la ville justifiait à elle seule ce titre de merveille. Le peuple des Mahites, pacifique et doux, y vécut dans le calme et la sérénité pendant de nombreux siècles. Il arriva cependant qu'un jour, devant tant de beauté, les dieux décidèrent d'un commun accord de s'emparer de ce précieux bijou. Alliant leur force et leurs pouvoirs, ils déclenchèrent un grand cataclysme qui ensevelit Braha. Sous une terrible tempête de sable, ils enterrèrent complètement la ville et transformèrent toutes les terres avoisinantes en un désert stérile. La «divine merveille du monde» passa alors dans une autre dimension et devint un port d'accueil pour les âmes de toutes les créatures terrestres qui avaient cessé de vivre.

Dès lors, la ville fut rebaptisée la «cité des morts». On y créa un grand tribunal pour juger ces âmes. Il y avait là deux portes, l'une conduisant au paradis et l'autre en enfer. De la Braha originale, il ne restait que la pointe de la pyramide émergeant des sables du désert. Il est dit aussi que les dieux y plantèrent un arbre extraordinaire, donnant des fruits de lumière et pouvant élever n'importe quel mortel au rang de divinité. Sur une grande porte de métal protégée par deux gardiens, fut inscrite cette énigme :

Celui qui meurt et revient à la vie
Celui qui vogue sur le Styx
et trouve son chemin
Celui qui répondra à l'ange
et vaincra le démon
Celui-là trouvera la clé de Braha.

Au fil du temps, cette histoire se transforma en légende. De siècle en siècle, cette légende s'effaça peu à peu du souvenir des hommes.

1
La fermeture des portes

Mertellus était assis à son pupitre. Le spectre feuilletait un grand livre de lois. De son vivant, l'homme avait été l'un des plus grands juges que le monde ait connus. À sa mort, les dieux l'avaient reconduit dans ses fonctions de magistrat. C'est lui qui présidait le grand jury de la ville de Braha, la cité des morts. Depuis cinq cents ans, Mertellus se rendait au tribunal toutes les nuits. Avec Korrillion et Ganhaus, ses assistants, il jugeait les âmes des morts qui se présentaient devant lui.

À tour de rôle, les défunts entraient dans la cour. Les trois juges étudiaient soigneusement leur dossier et rendaient ensuite leur décision. Si le défunt avait commis de mauvaises actions, on ouvrait la porte des enfers où un grand escalier le conduisait dans les entrailles de la Terre, vers les dieux négatifs. Si, par contre, sa vie avait été remplie de gestes attentionnés, de bonté et de compassion, on lui indiquait la porte menant vers les cieux, le paradis des dieux positifs.

Dans la majorité des cas, les décisions des trois magistrats étaient unanimes et la procédure n'était qu'une pure formalité. Il arrivait cependant qu'un dossier présente des difficultés. Il pouvait y avoir, par exemple, des erreurs dans la comptabilisation des bonnes actions et des mauvaises actions. L'âme de la personne décédée pouvait également être encore attachée au monde des vivants à cause d'un puissant lien affectif. Les promesses non tenues, faites avant la mort, entravaient elles aussi la procédure. Parfois, pour compliquer les choses, une damnation divine venait s'ajouter au dossier.

La moindre complication entraînait le renvoi du mort dans la ville de Braha, et celui-ci était condamné à y demeurer prisonnier en attendant un nouveau jugement. Les procédures pouvaient alors durer des décennies. Le pauvre fantôme angoissé, se voyant ainsi refuser l'accès à la porte du paradis ou de l'enfer, errait dans la gigantesque ville. La cité des morts était pleine de spectres en attente d'un jugement et, malgré leur acharnement au travail, Mertellus et ses assistants n'arrivaient pas à désengorger la ville. Tous les jours, de nouveaux arrivants s'installaient à Braha, et le problème de surpopulation de fantômes se faisait de plus en plus criant.

Mertellus, confortablement installé à son pupitre, consultait le grand livre de lois pour éclaircir un cas compliqué. Un homme ordinaire, ni très bon ni très mauvais, avait refusé, de son vivant, d'ouvrir sa maison, par une rude nuit d'hiver, à une femme qui lui demandait l'hospitalité. Au petit matin, il l'avait retrouvée morte, gelée, sur le pas de sa porte.

Dans son dossier, les dieux du bien demandaient réparation pour la femme. Ils exigeaient que cet être mesquin soit condamné à hanter sa propre maison jusqu'à ce qu'il acquitte sa dette envers une autre personne dans le besoin. Par contre, les dieux du mal le réclamaient immédiatement en enfer. Ils invoquaient la clause B124-TR-9 ou «clause de l'acte marquant» qui stipulait que tous les humains devaient d'abord être jugés selon le poids de leur péché le plus lourd. Cette clause entrait en contradiction avec la G617-TY-23 ou «clause de la bonté quotidienne» qui disait que les humains étaient la somme de leurs petites actions bienfaisantes et non de leurs égarements sporadiques. Découragé, Mertellus cherchait une jurisprudence en grognant d'impatience. Autour de lui, par terre, sur les tables et les chaises, sur les étagères de la bibliothèque et même sur le rebord des fenêtres, des centaines de dossiers tout aussi compliqués attendaient d'être résolus.

Soudainement, la porte du bureau de Mertellus s'ouvrit et Jerik Svenkhamr entra sans crier gare. Le revenant était un minable petit voleur qui avait été condamné à la guillotine. Ne pouvant replacer sa tête coupée sur ses épaules, il la portait toujours entre ses mains ou sous son bras. Étant donné que Jerik, comme le prescrivait son jugement, refusait fermement d'aller en enfer pour les vols qu'il avait commis, son avocat avait proposé une peine de mille ans au service de la justice divine pour réparer ses fautes. C'est ainsi qu'il avait été affecté au service de Mertellus et était devenu son secrétaire particulier. Jerik était malhabile et nerveux. Il ne savait pas écrire sans faire de fautes et, depuis cent cinquante-six ans maintenant, faisait le désespoir du grand juge. Son entrée dans la pièce fit sursauter Mertellus.

— JERIK ! sale petit détrousseur de vieilles femmes impotentes, je t'ai déjà dit cent fois de frapper avant d'entrer ! Un jour, tu me feras mourir de peur ! hurla le magistrat.

Le secrétaire, complètement paniqué devant la colère de son maître, tenta machinalement de remettre sa tête sur ses épaules pour se donner plus d'assurance. Celle-ci bascula vers l'arrière, tomba lourdement par terre et roula en direction de l'escalier. Le juge put entendre la tête de Jerik crier en dévalant les marches :

— Je ne peux pas… outch!… vous tuer… ouille!… vous êtes… aïe!… déjà… ouf!… mort!… outch! ouille! aïe! ouf! ouille! outch!

Jerik se lança à la poursuite de sa tête mais, dépourvu d'yeux, il dégringola lui aussi les marches en faisant un boucan infernal. Il accrocha au passage une bonne dizaine d'armures servant à décorer l'escalier. Mertellus soupira en implorant les dieux:

— Mais qu'ai-je fait pour mériter cela?

Comme unique réponse à sa question, il entendit la voix timide de Jerik qui réapparut dans son bureau en tenant fermement sa tête entre les mains et en exécutant de nombreuses courbettes maladroites et de longues révérences ridicules:

— Maître Mertellus!… votre honorable juge!… non… disons… éclairé patron des destinées humaines! Grand décideur devant les dieux et… euh… j'ajouterai… euh… sage homme de loi et…

Le magistrat, bouillant d'une colère volcanique, hurla:

— MAIS VEUX-TU BIEN ME DIRE POURQUOI TU ME DÉRANGES? VIENS-EN AUX FAITS, STUPIDE BRIGAND DE PACOTILLE!

Visiblement terrifié, Jerik esquissa un mouvement pour remettre sa tête sur ses épaules. Prévoyant la répétition de la scène de l'escalier, Mertellus intervint rapidement :

— Jerik ! Arrive ici et pose ta tête sur le pupitre. Je veux que tu t'asseyes par terre. EXÉCUTION !

Le secrétaire obéit rapidement.

— Maintenant, dit le vieux fantôme sur un ton menaçant en regardant la tête droit dans les yeux, dis-moi ce qui se passe ou je te mords le nez !

Jerik avala sa salive et prononça ces quelques mots :

— Les grandes portes sont… disons… comment vous expliquer ?… elles sont… euh… elles sont fermées !

Le magistrat lui asséna un violent coup de poing sur le crâne.

— PRÉCISE ! J'AI BESOIN DE PRÉCISIONS ! QUELLES PORTES ?

— Oui, voilà…, répondit le secrétaire, vos deux assistants, les juges Korrillion et Ganhaus, m'envoient… euh… pour vous informer que les portes… vous savez… les deux portes…. celles qui donnent accès au paradis et à l'enfer… euh… eh bien… elles sont fermées. Disons… euh… qu'elles sont impossibles à rouvrir ! Les dieux ont… comment dire ?… euh… ils ont bloqué les accès ! C'est… je pense… une… n'ayons pas peur des mots… euh… une catastrophe !

Mertellus saisit la tête de son secrétaire par les cheveux et descendit rapidement l'escalier menant à la grande salle du tribunal. Arrivé là, la tête pendant au bout de son bras, le juge comprit toute la gravité de la situation. Korrillion désespérait en arrachant les poils de sa barbe pendant que Ganhaus s'acharnait, à grands coups de pied, sur les portes. Les deux fantômes semblaient avoir perdu l'esprit. Korrillion sauta au cou de Mertellus en pleurant.

— Nous sommes foutus! s'exclama-t-il. Les dieux sont contre nous... Il y a trop d'âmes dans cette ville... J'ai trop de dossiers à traiter... Je ne suffis pas à la tâche... Je craque, Mertellus... je craque...

Fulminant, Ganhaus cria :

— Donnez-moi une hache! Qu'on amène une hache! Je vous jure que je vais les ouvrir, ces portes! UNE HACHE!

Le premier magistrat jeta négligemment la tête de son secrétaire dans un coin de la salle et pria ses confrères de se calmer. Après plusieurs minutes, Korrillion et Ganhaus reprirent leurs esprits. Les trois spectres s'assirent autour d'une grande table en chêne massif. Mertellus prit alors la parole :

— Mes amis! nous voilà devant une situation qui dépasse nos compétences respectives.

Le second magistrat Korrillion a raison. La ville regorge de fantômes, de revenants, de momies, de squelettes, bref, d'âmes en peine de toutes sortes. Si les seules issues servant à évacuer tout ce monde sont maintenant fermées, nous aurons bientôt à affronter de véritables soulèvements populaires. Il faut trouver une solution!

Un lourd silence tomba dans la pièce. Les trois juges réfléchissaient à s'en faire exploser la cervelle. Après quinze minutes de cet intense exercice, Ganhaus s'exclama:

— Mais oui! Voilà! Je l'ai! Enfin… il faut voir… mais j'ai peut-être une piste. Je viens de me souvenir d'une vieille histoire que j'ai entendue il y a fort longtemps de cela. Apparemment, il existerait une clé qui sert à ouvrir ces portes. J'ai entendu une légende à ce sujet. Attendez que je me rappelle… Oui, la clé serait cachée dans les profondeurs de la ville. Elle aurait été forgée précisément au cas où se produirait une telle situation. C'était… oui… cela me revient… c'était lors de la fondation de Braha, il y a des milliers d'années. C'est le premier des grands magistrats de la cité des morts qui, à l'insu des dieux, la fit fabriquer par un elfe serrurier de grand renom. Voilà!

Korrillion explosa de joie.

— Nous sommes sauvés! Trouvons cette clé et ouvrons les portes!

— Cette histoire de clé n'est sans doute qu'une vieille légende sans fondement, répliqua Mertellus. Nous n'avons aucune preuve que cet objet existe réellement.

— C'est bien vrai, ce n'est pas une bonne solution! admit Ganhaus. En plus, si cette histoire est vraie, il est dit que le lieu où se trouve cette clé est gardé par deux puissantes forces qui empêchent quiconque d'y entrer. Il y a aussi un autre problème à résoudre, car je me rappelle que, dans ce récit, on raconte que seul un mortel peut se saisir de la clé et actionner le mécanisme d'ouverture des portes du bien et du mal.

— Diantre! mais comment sais-tu tout cela? demanda Mertellus, intrigué.

— Ma grand-mère m'avait raconté cette histoire, répliqua Ganhaus. C'était une voyante un peu folle qui contrôlait mal ses visions. Elle se réveillait souvent en hurlant comme une louve au beau milieu de la nuit. Toute ma jeunesse fut bercée par ces récits rocambolesques. C'était évidemment de mon vivant, il y a de cela des années. Mon peuple, les gitans, raffolaient de ce genre d'histoires morbides. Ma grand-mère était sans contredit une femme étrange, mais respectée de tous.

— Et en supposant que tout cela soit vrai, fit Korrillion, soucieux, quel mortel accepterait de voguer sur le Styx, la rivière de la mort, pour venir en aide à une ville de spectres? Personne ne peut arriver à Braha sans être mort! Personne ne voudra risquer de perdre sa vie pour des fantômes! Les vivants craignent les esprits, c'est bien connu!

Un lourd silence envahit une fois de plus les lieux. Après quelques minutes, Jerik, dont la tête était toujours par terre, intervint prudemment:

— Euh... c'est bien malgré moi que j'ai entendu votre conversation et... disons... je pense... voyons... que... je pense savoir qui pourrait vous venir en aide...

Les trois juges se regardèrent avec une évidente incrédulité. Personne ne s'occupa du secrétaire et le silence revint. Mais Jerik insista:

— Comme je viens de le dire, je... je peux vous aider. Si l'un d'entre vous pouvait... euh... disons que s'il pouvait venir me ramasser sous la chaise, dans le coin de la pièce, je me ferais un... disons-le franchement... un plaisir de partager mon idée avec vous.

Toujours le silence. Aucune réaction de la part des juges. Les magistrats réfléchissaient toujours pour trouver une solution en faisant fi du secrétaire. Hésitant, Jerik demanda d'une voix tremblante :

— Y a quelqu'un ?... Vous êtes encore là ?... Hou hou ?...

Mertellus regarda ses collègues avec un haussement d'épaules qui signifiait : « Pourquoi pas ? » Après tout, les hommes de loi n'avaient rien à perdre. Le spectre se leva, se dirigea vers le coin de la pièce, saisit la tête de Jerik par les cheveux et la déposa violemment sur la table. Puis il retourna à son siège et lança :

— Vas-y ! Nous t'écoutons !

Ganhaus s'approcha du visage du secrétaire et le menaça :

— Si tu nous fais perdre notre temps, je te jette dans le Styx !

Jerik, inquiet, esquissa un sourire craintif et dit d'une voix vacillante :

— Euh... bon... euh... vous... euh... vous souvenez-vous, il y a de cela environ un mois, d'un sorcier appelé Karmakas ? Nous l'avons expédié en enfer et...

— Au nombre de dossiers que nous traitons en un mois, penses-tu sincèrement qu'il nous soit possible de nous souvenir de tout le monde ? demanda Korrillion, visiblement agacé.

— Laissez-moi terminer ! implora Jerik. Ce sorcier, un peu fou... je pense... disons... n'arrêtait pas de maudire un certain Amos

19

Daragon. Il disait… voyons… toujours… encore et encore… il répétait sans cesse : « J'aurai ta peau, sale porteur de masques. Je te tuerai, Amos Daragon, et je ferai de la bouillie avec ta cervelle ! »

— ET ALORS ? fit Mertellus, exaspéré.

— Eh bien, reprit Jerik, par curiosité… euh… eh bien… euh… j'ai fait des recherches dans la section de la bibliothèque… la section où… comment dire ?…

— Où tu n'as pas le droit d'aller ! répliqua Ganhaus avec une pointe de colère. Tu parles sûrement de la bibliothèque qui est interdite aux subalternes. J'ajouterai : FORMELLEMENT interdite aux gens de ton espèce !

Jerik se mit à suer abondamment. De grosses gouttes perlèrent sur son front.

— Oui… euh… oui, oui, celle-là même. J'y suis entré par hasard mais bon… c'est une autre histoire… euh… si vous le désirez, nous en discuterons plus tard. Donc, pour en revenir à mes recherches, j'ai découvert que… disons… les porteurs de masques sont des êtres choisis par la Dame blanche pour rétablir… disons… rétablir l'équilibre du monde. Lorsque les dieux sont en guerre… comme c'est présentement le cas… nous le savons tous… il n'y a pas de secret là-dedans… ce sont eux… j'entends par là les porteurs de masques, bien sûr… qui prennent la relève et qui doivent veiller au grain. Leur tâche est de rétablir l'équilibre entre… euh… entre le bien et le mal… et… je pense… venir en aide aux victimes de la guerre des dieux.

Ce que nous vivons ici… si je peux me permettre… est manifestement… euh… un puissant déséquilibre! Vous serez sans doute d'accord… avec… euh… avec moi? Nous devrions peut-être essayer de… de… disons… trouver cet Amos Daragon et de lui demander son aide. La légende de la clé est… selon moi… la seule piste de solution que nous ayons… disons… sous la main. Nous devrions la suivre et charger ce… euh… ce grand homme de régler notre problème! Qu'en… qu'en pensez-vous?

Mertellus, impressionné par ce qu'il venait d'entendre, déclara:

— Je pense que nous avons notre plan. Il reste cependant un point à éclaircir. Qui se chargera de débusquer ce Daragon et de l'amener jusqu'ici?

Après quelques secondes de réflexion, les trois magistrats posèrent en même temps leur regard sur la tête de Jerik. Celui-ci, comprenant que, de toute évidence, il venait d'être désigné pour la mission, voulut protester mais… il était déjà trop tard.

— J'approuve ce choix, dit Ganhaus en pointant le secrétaire du doigt.

— J'appuie cette proposition de tout cœur, enchaîna Korrillion avec ironie.

— Votre sagesse est grande, chers amis, fit Mertellus en riant. Je me rallie à votre décision et c'est avec grand chagrin que je me séparerai d'un aussi bon secrétaire. C'est le moment de vérité pour toi, mon cher Jerik! Si tu réussis ta mission, je te relève de ta peine de mille ans au service de la justice et je t'envoie, comme tu le désirais, directement au paradis. Si tu échoues, par contre, tu iras hanter les oubliettes jusqu'à la fin des temps!

Les trois juges se levèrent en ricanant. Ils avaient trouvé un début de solution et disposaient d'un pigeon pour faire le sale travail. Avant de quitter les lieux, suivi de Korrillion, Mertellus se retourna vers son secrétaire et dit fermement:

— TU PARS CE SOIR! J'aviserai Charon, le capitaine du vaisseau du Styx. Je contacterai aussi le baron Samedi pour qu'il te délivre une autorisation d'embarquement que tu remettras à ce... ce... Amos quelque chose! Ainsi, il pourra facilement arriver jusqu'à nous!

Ganhaus fut le dernier à quitter la pièce. Avant de refermer la porte, il chuchota avec satisfaction à Jerik:

— Parfait, tu as parfaitement joué ton rôle! Mes deux acolytes sont tombés dans le piège. Nous les avons roulés dans la farine! Quand Seth aura fait libérer mon assassin de frère Uriel des enfers, nous éliminerons Amos Daragon, ce foutu porteur de masques, et je garderai pour moi la clé de Braha. Si tu échoues dans cette mission, je jure que je te le ferai payer très cher!

Le juge sortit en claquant la porte. Jerik, dont la tête trônait au milieu de la table, soupira:

— J'ai le don de me mettre les pieds dans les plats! Dans tous les complots, c'est toujours moi qui… disons… fais le sale travail! Il n'y a vraiment pas de justice dans ce monde!

2
L'envoyée du baron Samedi

Amos vivait depuis quelques mois dans la ville fortifiée de Berrion. Avec ses parents, Urban et Frilla, il occupait de somptueux appartements à l'intérieur même du château. Le seigneur des lieux, Junos le roi cuisinier, comme on l'appelait familièrement, les hébergeait avec une fierté non dissimulée. Leur aventure avec les gorgones à Bratel-la-Grande avait tissé de solides liens entre lui et la famille Daragon.

Par une fraîche matinée de septembre, Amos dormait paisiblement dans sa chambre lorsque son compagnon Béorf entra en trombe. Visiblement énervé, le gros garçon cria :

— DEBOUT, AMOS ! Le seigneur Junos te demande dans la cour du château. Vite ! Dépêche-toi, c'est important !

À peine réveillé, Amos se leva et s'habilla à toute vitesse. Il peigna hâtivement ses longs cheveux, mit sa boucle d'oreille représentant une tête de loup et ajusta son armure de cuir noir, cadeau de sa mère. Le soleil venait à peine de se lever lorsque Amos arriva au lieu de rendez-vous, dans la cour intérieure du château. Tout le personnel y était rassemblé et attendait impatiemment le jeune porteur de masques. La foule, curieuse, décrivait un cercle autour de quelque chose ou de quelqu'un. Les cuisiniers discutaient entre eux, à voix basse, pendant que les gardes, les chevaliers et les archers du royaume se tenaient aux aguets. Les palefreniers semblaient hypnotisés et les servantes tremblaient en échangeant des regards angoissés.

Béorf, inquiet et prêt au combat, se tenait déjà sur une estrade centrale, juste aux côtés de Junos, seigneur et roi de Berrion. Ce dernier paraissait perplexe et inquiet dans sa chemise de nuit. Son bonnet jaune et vert lui donnait un air ridicule. De loin, il ressemblait à un vieux clown. Tous les regards convergeaient vers le centre de la place. Amos se fraya facilement un chemin dans la foule compacte qui s'écartait sur son passage. Ses parents, Frilla et Urban Daragon, virent leur fils rejoindre le seigneur Junos et Béorf sur l'estrade de fortune.

Amos comprit rapidement de quoi il retournait. Au centre de l'assemblée, une vingtaine d'hommes se tenaient fièrement debout, le dos droit, dans une parfaite immobilité. Leur peau était noire comme la nuit, et leur corps arborait de magnifiques peintures de guerre aux couleurs éclatantes. Ces combattants venus d'on ne sait où avaient la tête rasée et portaient d'énormes bijoux faits d'or, de pierres précieuses et d'ossements d'animaux. Ils étaient légèrement vêtus de peaux de bêtes, exposant ainsi aux regards de tous leur puissante musculature et leurs énormes cicatrices de combat. Le nez large et plat, les lèvres charnues, le regard injecté de sang et les dents taillées en pointe, ces hommes aux pieds nus portaient sur le dos de puissantes lances. Près d'eux, cinq panthères noires se reposaient, la langue pendante. Devant ce spectacle, Amos s'approcha de Junos et lui demanda à l'oreille :

— Tu voulais me voir, Junos ? Qu'est-ce qui se passe ?

Le seigneur, inquiet, répondit à voix basse :

— Non, pas moi ! Ce sont eux qui veulent te voir, mon ami ! Ils sont arrivés aux portes de la ville ce matin en demandant spécifiquement à te rencontrer. Ce sont probablement des démons, fais bien attention à toi ! Regarde-moi la taille de leurs chats, ils sont immenses ! Si les choses tournent mal, mes chevaliers sont prêts à l'attaque. Au moindre signe d'hostilité, nous les renvoyons vite fait en enfer !

Amos se tourna vers son ami Béorf et lui fit un signe de la tête. Celui-ci comprit immédiatement ce que son camarade attendait de lui. Le compagnon d'aventures du jeune porteur de masques était de la race des hommanimaux. Il avait le don de se transformer en ours. Outre le fait qu'il était rond comme un tonneau, seuls ses sourcils qui se rejoignaient au-dessus de son nez, ses larges favoris blonds et les poils qui recouvraient la paume de ses mains trahissaient son appartenance à la race des hommaninaux. Béorf descendit de l'estrade avec Amos et se plaça un pas en arrière de lui, prêt à se métamorphoser en ours et à bondir.

— Je suis celui que vous vouliez voir, affirma Amos d'un ton amical.

Les guerriers noirs se regardèrent les uns les autres et s'écartèrent lentement sur le côté. Tout le monde put alors apercevoir, au centre de leur groupe, une fillette d'une dizaine d'années qui s'avançait dignement vers Amos. Jusque-là, personne ne l'avait remarquée. Sa peau avait la couleur de l'ébène. Ses cheveux, très longs et tressés de centaines de nattes, touchaient presque le sol. L'enfant portait, autour du cou, de la taille, des poignets et des chevilles, de somptueux bijoux en or. De larges bracelets, de belles ceintures finement entrelacées, des colliers adroitement ciselés et de nombreuses boucles d'oreilles de différentes formes lui donnaient l'air d'une princesse. Elle était magnifique. Entre ses narines, une parure discrète de forme allongée lui traversait le nez. La fillette portait une cape de fourrure noire et une robe en peau de léopard qui laissait entrevoir son nombril. Celui-ci était percé d'un bijou doré orné d'une pierre verte. La fille s'arrêta devant Amos et, le regardant droit dans les yeux, lui dit :

— Je suis Lolya, reine de la tribu des Dogons. J'ai fait un long voyage, un très long voyage depuis ma terre natale pour venir vous rencontrer. Le baron Samedi, mon dieu et guide spirituel, m'est apparu et m'a ordonné de vous remettre ceci.

La reine fit alors claquer ses doigts. Un des guerriers noirs s'avança et déposa aux pieds de la fillette un coffre en bois. Avec précaution, elle l'ouvrit. La curiosité l'emportant maintenant sur leurs craintes, tous les spectateurs s'étaient un peu rapprochés pour essayer de voir le mystérieux cadeau.

— Prenez-le ! déclara solennellement Lolya qui s'inclina de façon respectueuse. Cet objet est maintenant à vous !

Amos se pencha au-dessus du coffre et en ressortit un magnifique masque. L'assistance poussa un cri d'admiration devant la beauté de l'objet. Il était en or pur et représentait la figure d'un homme dont la barbe et les cheveux étaient en forme de flammes. Amos, perplexe mais ébloui par l'objet, demanda :

— Vous m'offrez véritablement ce masque ? Il est merveilleux.

— Cet objet est dans ma famille depuis… depuis plusieurs générations, reprit la jeune reine en hésitant un peu. Il y a très longtemps, un de mes aïeux fut lui-même porteur de masques. Je vous offre, par ce cadeau, la puissance du feu. J'espère que vous en ferez bon usage, car il est très précieux. Il ne vous servira à rien sans les pierres de puissance qui y sont associées, mais, cela, vous le savez sûrement déjà.

— Oui, répondit Amos. Je porte maintenant le masque de l'air sur moi. Il n'est serti que d'une seule pierre. Grâce à lui, j'ai quelques pouvoirs sur le vent.

— Vous le portez en ce moment même ? demanda la jeune reine.

— Oui. Les masques s'intègrent complètement à mon visage et deviennent ensuite invisibles.

— Votre quête commence donc. Il vous faut encore trouver deux masques et quinze pierres.

— Mais je n'ai que douze ans ! s'exclama le garçon en riant. Il me reste encore bien du temps devant moi.

— Puis-je vous demander quelque chose ?

— Allez, je vous écoute.

— Je sais que notre allure n'est pas conforme à ce que vous avez l'habitude de voir et cela peut, sans doute, vous choquer. Sachez que nous sommes ici en amis. Les Dogons sont des gens pacifiques et vous n'avez rien à craindre de nous. Comme je vous l'ai dit, nous avons parcouru un long chemin pour venir jusqu'à vous et…

Junos intervint prestement :

— Bien sûr ! Je comprends que vous soyez fatigués. Je me présente ! Junos, seigneur et roi de la ville de Berrion et vous êtes mes invités. Qu'on leur donne les meilleures chambres de ce château ! ordonna-t-il à ses servantes. Ce soir, nous donnerons un banquet en l'honneur de nos invités ! Préparons la fête et n'ayez crainte, je superviserai moi-même le banquet. Chevaliers, considérez ces hommes à la peau noire comme vos amis ! Procédons rapidement, les pauvres sont certainement exténués et affamés. Peut-être pourront-ils nous apprendre quelques-uns de leurs chants et de leurs danses ce soir. Enfin, nous verrons bien, n'est-ce pas? Nous trouverons aussi un endroit pour garder vos chats géants. Messieurs les chevaliers de l'équilibre, allez! Exécution!

Tous les habitants du château se mirent à applaudir joyeusement. La peur était maintenant dissipée. Dans cette bruyante démonstration de joie, Lolya, abandonnant toute forme de cérémonial, se pencha vers Amos et, inquiète, lui murmura:

— Il faut que je te parle seule à seul immédiatement. Beaucoup de choses se trament et nous avons très peu de temps.

Amos fit un signe affirmatif de la tête et chuchota quelques mots à l'oreille de Béorf. L'hommanimal déguerpit aussitôt pour demander à Junos la permission d'utiliser la salle secrète du château. Pendant ce temps, Amos et Lolya quittèrent les lieux sans trop se faire remarquer.

***

— Ici, nous ne serons pas dérangés, dit Amos à Lolya.

Ils avaient emprunté un passage secret qui conduisait directement à la salle de réunion des chevaliers de l'équilibre, l'armée du seigneur

Junos. Seules quelques personnes privilégiées connaissaient ce lieu. La pièce était relativement petite. Six chaises et une table rectangulaire en constituaient l'unique ameublement. Béorf entra dans la salle, accompagné d'une servante. Celle-ci portait un immense panier, rempli de fruits, de noix, de viandes séchées et de pain, qu'elle posa au centre de la table avant de repartir aussitôt. Béorf referma le passage derrière elle et s'assit près d'Amos.

Lolya sourit d'un air soulagé. Elle lança par terre sa cape de fourrure noire, retira ses bijoux, se défit les cheveux et les releva en un immense chignon sur le dessus de sa tête. Elle sauta ensuite directement sur la table et plongea la tête la première dans les victuailles. Le panier entre ses jambes, elle mangeait goulûment en s'accordant peu de temps pour respirer. Les deux garçons restèrent bouche bée devant le spectacle. La fillette mordait vivement dans les fruits et s'empiffrait de pain en poussant des petits cris de satisfaction. La petite reine douce et précieuse était devenue, sous leurs yeux, un animal affamé qui engloutissait la nourriture à une allure effrénée. Béorf, un large sourire aux lèvres, se tourna vers Amos et dit :

— Ça, mon ami, c'est le genre de fille que j'aime !

— On attaque ? demanda Amos.

— On attaque ! répondit Béorf.

Les deux garçons sautèrent sur la table et commencèrent à s'empiffrer avec Lolya. Celle-ci, ravie d'avoir de la compagnie, gavait Amos de raisins pendant que, de l'autre main, elle enfournait dans sa bouche une poignée de noix. Elle fit même un concours avec Béorf pour déterminer lequel des deux était en mesure de se mettre le plus de nourriture dans la bouche. L'hommanimal gagna de justesse. Pendant un bon moment, les trois gamins s'amusèrent follement à faire les goinfres, à se lancer de la nourriture et à roter bruyamment.

Lorsque le repas fut terminé, Béorf tomba de la table et roula par terre. L'estomac plein, il tomba aussitôt dans un profond sommeil de jeune ours rassasié. Sa ceinture détachée, Amos était affalé sur une chaise, les bras pendants, les deux pieds sur la table. Lolya, repue et couchée de tout son long sur la table au milieu des restes de fruits et des écales de noix, s'adressa à Amos :

— J'avais tellement faim ! Tu ne peux pas t'imaginer ! Je n'avais rien avalé depuis une semaine. Mes hommes et moi n'avions plus de provisions. Aujourd'hui, j'ai mangé comme une reine ! Il y avait longtemps que je ne m'étais pas autant amusée. J'ai onze ans et je suis fatiguée d'être reine. Depuis que mes parents sont morts, c'est moi qui gouverne mon peuple. Je n'ai plus le droit de rire, de jouer et de faire des pitreries. Je déteste les cérémonies et les…

Lolya s'arrêta de parler, leva la tête pour mieux écouter et demanda :

— Tu entends ce bruit, Amos ? Qu'est-ce que c'est ? On dirait une bête qui grogne !

— N'aie pas peur, c'est Béorf qui ronfle, répondit Amos en rigolant.

— C'est horrible ! Il fait toujours ce vacarme lorsqu'il dort ?

— Ça, ce n'est rien. Dans quelques minutes, nous ne pourrons plus nous entendre parler ! répliqua le garçon en riant de plus belle.

La jeune Noire se tourna sur le ventre et rampa jusqu'à Amos. Elle se croisa les bras, y appuya sa tête et dit sérieusement :

— Parlons des vraies choses maintenant. Je ne sais par où commencer ! Bon… tu dois savoir qu'il existe plusieurs types de magie ?

— Effectivement, répondit Amos, ce n'est pas un secret pour moi.

— Les porteurs de masques comme toi ont un pouvoir sur les éléments, n'est-ce pas ? demanda Lolya.

— C'est ça, confirma le garçon. Quatre masques, celui de la terre, celui de l'eau, celui de l'air et celui du feu. En réalité, ce sont les pierres de pouvoir qui leur donnent une véritable puissance.

— Eh bien, moi, reprit la jeune reine, je suis capable de capter les énergies des morts. J'exerce une forme de sorcellerie qui, chez moi, s'appelle le vaudou. Je sais faire des envoûtements, créer des zombies, lancer des bons et des mauvais sorts, mais j'excelle surtout dans la communication avec les esprits. Mon guide spirituel est un dieu qui s'appelle le baron Samedi. Je sais, par lui, que le monde des morts cherche à te contacter. Quelqu'un veut entrer en communication avec toi. Voilà pourquoi je suis ici. Je dois, avec mes pouvoirs, t'ouvrir une porte qui donne sur le monde de l'invisible.

Amos avait rapidement retrouvé son sérieux en écoutant les paroles de Lolya. Il demanda :

— En sais-tu davantage sur le sujet ? Ton guide, le baron Samedi, ne t'a pas dit autre chose ?

— C'est tout ce que je sais, répliqua la fille. Il m'est apparu dans un rêve pour me demander de te remettre le masque. Ensuite, il m'a guidée vers toi dans tous mes songes. Mes gardes et moi avons traversé plusieurs pays et affronté de grands dangers pour te retrouver. Dans quelque temps, je devrai ouvrir cette fameuse porte mais... pour l'instant... Attends, reste là, je prends mes osselets.

Lolya descendit de la table et attrapa sa cape par terre. Elle en sortit un petit sac multicolore. La jeune reine vint s'asseoir près d'Amos, puis ouvrit le sac d'où tombèrent sept bouts d'ossements aux formes étranges.

— Ferme les yeux, Amos, dit-elle. Je vais tenter de lire ton avenir.

La reine des Dogons plaça ses deux pouces sur les yeux du garçon. Elle appuya ensuite sa tête contre son front. Amos sentit une grande chaleur l'envahir. Pendant que Lolya se concentrait en prononçant quelques paroles incompréhensibles, il se détendit complètement. La fille s'écarta soudainement, saisit d'une main les osselets et les lança violemment contre le mur en hurlant une formule magique quelconque, puis elle se calma.

— Regarde, Amos, dit-elle en pointant du doigt les osselets sur le sol. Leurs positions m'indiquent plusieurs choses. Tu feras bientôt face à un complot. On veut se servir de toi pour causer la perte de ce monde. Je vois très clairement que tu ne pourras pas te servir de tes pouvoirs pour vaincre tes ennemis. Ton intelligence et ta ruse seront tes meilleures armes. Il te faudrait également écouter ton cœur pour te rendre… attends… oui, pour te rendre à la rencontre d'un arbre. Tu devras te méfier de tout le monde, même de moi. Je vois une mauvaise nouvelle. Dans l'aventure que nous vivrons, tu perdras un ami. Tu dois savoir que cette personne se sacrifiera pour toi, pour que tu accomplisses ton destin.

Ébranlé par cette dernière révélation, Amos demanda :

— Connais-tu le nom de cet ami ?

— Non. Je sais seulement que c'est quelqu'un que tu aimes beaucoup qui trouvera la mort. Quelqu'un de très proche.

Le jeune garçon resta silencieux. Son regard et celui de Lolya se baissèrent lentement vers Béorf qui ronflait innocemment.

3
La cérémonie

Lolya et ses guerriers vivaient au château de Berrion depuis bientôt une semaine. La délégation des Dogons s'était bien adaptée aux nouvelles coutumes de ce lointain pays, mais leur présence alimentait les rumeurs et les ragots dans la ville. Les habitants, n'ayant jamais rencontré jusque-là d'hommes à la peau noire, y allaient de calomnies et d'histoires abracadabrantes à leur sujet. On se méfiait d'eux, et leurs peintures de guerre faisaient grande impression. Les plus étroits d'esprit racontaient qu'ils étaient des diables envoyés sur la Terre pour s'emparer de leur ville. Les feux des enfers les avaient calcinés en leur laissant la couleur de la suie comme marque distinctive.

Junos avait pourtant dépêché son crieur public pour avertir ses sujets de la présence de prestigieux invités. Il avait également ordonné à sa population, toujours par la voix de cet émissaire, de traiter dignement ces étranges guerriers. Mais comme il est encore plus difficile d'ouvrir un esprit obtus qu'une forteresse lourdement défendue, peu de gens avaient tenu compte de ce message. Les femmes interdisaient à leurs enfants de quitter la maison. Les hommes se rencontraient dans les tavernes afin d'échafauder des plans d'expulsion.

Percevant cette aversion au cours de leurs promenades dans Berrion, les Dogons décidèrent de rester au château. Cette décision amplifia les bavardages et, dans toutes les rues, dans toutes les maisons et sur la place du marché, on disait maintenant que ces hommes gouvernaient secrètement la ville. On racontait aussi que le seigneur Junos, envoûté par leur puissante magie, avait signé un pacte avec les dieux du mal afin que périssent tous ses sujets. Pour empêcher l'escalade de la peur collective, Junos devait se promener chaque jour dans la cité pour rassurer ses citoyens. Chacune de ses paroles d'amitié avec les Dogons était interprétée à contresens. Le représentant de la guilde des marchands l'accusa même de collusion avec les forces du mal. C'est désespéré et angoissé que le seigneur regagnait, tous les jours, le château. Une émeute couvait, anéantissant peu à peu la confiance des habitants de Berrion envers leur seigneur.

— Que puis-je faire? demanda Junos après avoir rapporté ce délicat problème à Amos. Je sais que tu es jeune, mon ami, mais, même à douze ans, tu es plus sage que la plupart de mes conseillers à la barbe blanche. Je sens que je perds lentement le contrôle de la situation. J'ai besoin que tu m'aides. Je veux satisfaire ma population mais, en même temps, je ne peux pas renvoyer nos invités. Je leur ai offert l'hospitalité et quand je donne quelque chose, je ne le reprends jamais.

— Il faut rapidement trouver une solution, répondit Amos. Je tente depuis trois jours de parler à Lolya, mais elle reste enfermée dans sa chambre sans vouloir en sortir. Elle ne mange plus. Je ne sais pas ce qui se passe. Je l'ai surprise, quelques heures avant qu'elle ne disparaisse dans sa chambre, en train de manger des cailloux dans la cour du château. Elle avait l'air d'une bête féroce préparant un mauvais coup. Lolya parlait toute seule en répétant constamment le nom de Kur. Je ne sais pas du tout de qui il s'agit. Elle discutait avec lui comme s'il avait été là. Lorsque j'ai posé doucement ma main sur son épaule, elle m'a violemment repoussé en grognant. Je ne l'ai plus revue depuis cet incident. Tous les guerriers dogons ont l'air parfaitement normaux même si leur reine semble indisposée. J'ai demandé à Béorf de surveiller la porte de sa chambre. Je ne sais pas non plus quoi faire, Junos. Au cours de notre première rencontre, elle m'a parlé de son guide spirituel, le baron Samedi, pour qui, selon elle, je dois accomplir quelque chose. Le monde des morts cherche apparemment à me contacter. De plus, elle m'a presque prédit le décès de Béorf. Très candidement, Lolya m'a aussi dit que je devais me méfier d'elle. Je ne sais pas trop quoi penser de tout cela. J'ai un mauvais pressentiment. Je dois t'avouer, Junos, que Lolya ne m'inspire plus une grande confiance. Ses deux personnalités me troublent. Je la trouve étrange, à la fois trop spontanée et trop imprévisible.

— Sais-tu, Amos, poursuivit Junos, qu'elle a pourchassé un de mes cuisiniers avec un grand couteau? Elle voulait le tuer car elle l'accusait de traîtrise. Elle lui criait qu'il avait le mauvais œil. Je ne sais ce que cela veut dire, mais il a fallu trois de mes hommes pour l'empêcher de commettre son crime. En colère, elle est forte et puissante… Une véritable bête!

— Mon père m'a raconté un jour une histoire, qui semble avoir un rapport direct avec notre situation. Trois poissons nageaient tranquillement dans un lac lorsqu'ils aperçurent le filet d'un pêcheur. Le premier, sentant le danger, quitta immédiatement les lieux. Les deux autres, insouciants, se retrouvèrent vite prisonniers dans le piège. L'un de ces deux poissons, comprenant la précarité de sa situation, se laissa flotter sur le dos et fit le mort. Le pêcheur, désirant ramener à sa famille de la nourriture fraîche, le prit et le lança sur la rive. D'un habile coup de queue, le poisson se projeta dans le lac et sauva ainsi sa vie. Il venait de se sortir adroitement d'une dangereuse situation. Le troisième poisson, incapable de prévoir la suite des événements, finit dans la poêle à frire du pêcheur. La morale de cette histoire est simple : les gens qui ne sont pas clairvoyants ou rusés devant le danger finissent toujours leur vie dans le ventre de quelqu'un.

— Moi, fit Junos, je n'ai pas du tout confiance en cette fille, même si elle est reine. Imagine, elle égorge des poulets pour lire l'avenir dans leurs entrailles. Elle l'a fait deux fois devant mes servantes avant de s'enfermer à double tour dans sa chambre. C'est une domestique qui m'a rapporté la chose.

Amos leva à ce moment la tête vers le ciel étoilé. Lui et Junos se trouvaient dans la cour intérieure du château. Le garçon dit :

— Quelque chose me dit que nous aurons des nouvelles de Lolya ce soir. Regarde, Junos, la lune est pleine et les étoiles sont particulièrement brillantes. J'ai aussi le mauvais pressentiment que je mourrai durant la nuit.

À cet instant précis, Béorf arriva en trombe. Il était essoufflé et très excité.

— Elle est sortie de sa chambre ! s'écria-t-il. Lolya se dirige vers la ville avec ses hommes !

Les deux garçons et le seigneur se précipitèrent à l'extérieur des murs du château. Sur la place du marché, Lolya et ses guerriers avaient déjà allumé un grand feu. Les Dogons, maquillés et habillés de peaux de tigre pour l'occasion, se placèrent autour du brasier et commencèrent à jouer de la musique. Ils avaient de gros tambours et une multitude de petits instruments à percussion. Tous les habitants de Berrion, armés de râteaux, de pelles et de pioches, s'approchèrent prudemment de cet étrange rassemblement.

Le son des tam-tams s'éleva lentement. Lolya, pieds nus près du feu, se mit alors à danser. Elle était vêtue d'une robe de cérémonie jaune et portait à la ceinture un long couteau. Un maquillage blanc ornait son visage. De loin, on aurait dit une tête de mort. Junos ordonna à ses chevaliers de se tenir prêts à contenir la foule ou à calmer ses invités. Hébétés, Amos et Béorf se regardaient sans trop savoir quoi faire. Les percussions se firent de plus en plus présentes et la danse de la reine s'accéléra. Junos se pencha vers Amos et dit :

— Pour en revenir à ton histoire de poissons, je crois bien que le filet est tombé et qu'il est trop tard pour essayer de fuir. Je compte sur ta ruse pour nous sortir de là, mon ami.

— Je n'aurai qu'à faire le mort, ironisa Amos.

Bientôt, le rythme des tambours envahit complètement la place du marché. Les mouvements de la jeune reine hypnotisèrent bien vite tous les spectateurs. Plus personne ne pouvait bouger. Les habitants de la ville, comme les chevaliers, regardaient le spectacle dans la plus totale immobilité. Toute volonté les avait abandonnés, et l'envoûtant son des instruments les clouait sur place. Sans comprendre pourquoi, la ville entière se mit soudain à taper du pied. Prisonniers de la musique, les spectateurs commencèrent ensuite à bouger lentement. Le son les pénétrait, envahissait leur esprit. Lolya sautait, criait et bougeait de plus en plus vite.

La lune, ronde et claire, se couvrit d'un voile noir. Amos, presque totalement envoûté par la danse, conclut rapidement à une éclipse lunaire. Béorf dansait à ses côtés, moitié homme, moitié ours. Le gros garçon était en transe et s'agitait comme un démon dans l'eau bénite. Autour du porteur de masques, tous les villageois semblaient avoir perdu la raison.

Junos, les bras en l'air, avait perdu toute réserve, et plusieurs de ses chevaliers se roulaient par terre.

Au moment où la lune disparut du ciel, Lolya s'immobilisa brusquement et pointa Amos du doigt. Le jeune garçon, attiré par une force incompréhensible, traversa la foule et vint rejoindre la reine au centre du cercle des Dogons, près du grand feu. Lolya sortit cérémonieusement le couteau de son étui. Les tambours se turent. Le charme se rompit immédiatement et tous les spectateurs arrêtèrent de danser. Devant la foule qui reprenait lentement ses esprits, Lolya poignarda férocement Amos à l'abdomen en criant :

— LA PORTE EST OUVERTE !

Le porteur de masques sentit alors une puissante brûlure le traverser de part en part. Frilla Daragon poussa un cri d'horreur en voyant son fils unique s'affaisser sur le sol. Amos entendit son cœur battre... quelques coups... de plus en plus faibles, puis s'arrêter.

Les chevaliers se précipitèrent sur les Dogons pour prévenir toute action de leur part. Ceux-ci n'offrirent aucune résistance. Urban Daragon accourut vers son fils pendant que Junos, paralysé devant la scène, balbutiait :

— J'aurais dû m'en douter... J'aurai dû savoir...

En larmes, Frilla courut rejoindre son mari. Urban, pleurant devant le corps inanimé de son enfant, leva la tête et balbutia douloureusement :

— Il est… il est mort !

À cet instant retentit le cri puissant et enragé d'un jeune ours. D'un bond vigoureux, Béorf se jeta sur Lolya et, d'un robuste coup de patte, la plaqua au sol. Alors qu'il s'apprêtait à l'égorger, la reine noire parvint à murmurer :

— C'était la seule façon de le faire traverser… Il n'est pas réellement mort… Fais-moi confiance !

Pendant que Béorf refermait la gueule, sentant le goût du sang de sa victime entre ses dents, la lune réapparut dans le ciel. Junos hurla :

— QU'ON LES ENFERME AU CACHOT ! ET ISOLEZ LA REINE ! QU'ON LA LIGOTE !

Le jeune hommanimal desserra son étreinte et chuchota à l'oreille de la fille :

— Je te ferai payer ce que tu as fait, je le jure, tu me le payeras !

4
Le Styx

C'est un fort parfum de fleurs qui réveilla Amos. Il éternua violemment, puis ouvrit les yeux. Regardant autour de lui, le garçon se rendit vite compte qu'il était couché dans une boîte de bois rectangulaire. Autour de lui, des roses, des jonquilles, de beaux grands lys et quelques œillets ornaient son inconfortable couche. En levant un peu la tête, Amos aperçut les visages de son père et de sa mère. Ceux-ci, penchés sur lui, pleuraient abondamment. Junos se tenait debout, juste derrière eux. Le seigneur de Berrion avait les yeux rouges et fiévreux.

En se redressant, Amos vit Béorf. Il était assis par terre, le dos appuyé à une pierre tombale. Le gros garçon regardait le ciel d'un air songeur. Ses lèvres bougeaient. On aurait dit qu'il s'adressait à quelqu'un qui n'était pas là. Des dizaines de personnes, qu'Amos connaissait bien, marchaient çà et là dans le cimetière de Berrion. Le porteur de masques se leva d'un bond et comprit que ce dernier hommage lui était, en fait, réservé. On allait bientôt le porter en terre. Amos, un peu affolé et assommé de voir tous ces gens affligés, se dit en riant :

« Tout le monde pense que je suis mort ! Pourtant, je ne me suis jamais senti aussi en forme de toute ma vie ! »

Le garçon, debout dans son cercueil, déclara sur un ton moqueur :

— Excusez-moi mais… mes funérailles, ce sera plus tard !

Aucune réaction dans l'assemblée. Personne ne semblait l'avoir entendu. Amos insista, perplexe et inquiet :

— Je suis là, je ne suis pas mort ! C'est une blague ou quoi ? Père ! Mère ! Je suis là, je suis vivant !

Les gens autour de lui agissaient exactement comme s'il n'était pas là. En descendant du cercueil, Amos aperçut son propre corps dans la boîte de bois. Il sursauta en poussant un cri. Incrédule, il regarda encore, de plus près cette fois. Il était bien là, c'était lui. Le garçon vit clairement ses longs cheveux tressés et sa boucle d'oreille en forme de tête de loup. Vêtu de son armure de cuir noir confectionnée par sa mère, on lui avait croisé les mains sur la poitrine.

C'est à ce moment qu'Amos se souvint de la cérémonie de Lolya. Il revit la danse, le feu, l'éclipse de lune et les tambours des Dogons. Il se rappela le couteau de la jeune reine et revécut brièvement sa propre mort. En levant les yeux pour regarder autour de lui, le porteur de masques constata que le paysage n'était plus tout à fait le même. Les couleurs des arbres étaient plus pâles, plus ternes, et le ciel avait pris une faible teinte grise. Son corps était légèrement translucide comme celui d'un fantôme. En levant la main, le garçon tenta de faire se lever le vent. Rien. Il essaya de nouveau, toujours rien. Manifestement, Amos n'avait plus de pouvoirs.

« Eh bien, pensa-t-il, la prédiction de Lolya semble maintenant se réaliser ! »

La jeune reine lui avait bien dit : « Je vois très clairement que tu ne pourras pas te servir de tes pouvoirs pour vaincre tes ennemis. Ton intelligence et ta ruse seront tes meilleures armes. »

Amos courut vers Béorf. Il le prit par les épaules et s'écria :

— Béorf, je suis là, je ne suis pas mort ! Écoute, Béorf, mon esprit est vivant, je ne sais pas dans quel monde je suis et je ne sais pas non plus ce que je dois y faire. Va demander à Lolya de…

Béorf versa une larme et se leva soudainement. Sans prêter attention aux paroles de son ami, il marcha en direction du cercueil en poussant de profonds soupirs. Amos tenta de l'empêcher d'avancer en se mettant devant lui.

Le gros garçon traversa sans peine le corps du porteur de masques. Celui-ci poursuivit son compagnon en clamant :

— Béorf, rappelle-toi ! Je ne peux pas être vraiment mort ! Je t'ai dit ce que Lolya m'a raconté sur ma nouvelle mission… ÉCOUTE-MOI ! ARRÊTE-TOI, BÉORF, ET ÉCOUTE !

Le jeune hommanimal s'appuya sur le cercueil pour regarder une dernière fois son ami. On allait bientôt le mettre en terre. Les fossoyeurs étaient là. Au cours de la cérémonie qui avait précédé l'enterrement, Junos avait longuement parlé de sa première et dernière aventure avec Amos. Béorf entendait encore, tout en contemplant le corps d'Amos, l'hommage qu'avait rendu le seigneur à son meilleur ami. Ses paroles étaient empreintes d'un très grand respect. Il avait raconté les événements de Bratel-la-Grande, insistant sur l'astucieux combat qu'ils avaient livré contre les gorgones et le basilic. Il avait aussi parlé du bois de Tarkasis, de leur passage chez les fées et de la façon dont Amos avait réussi à lui rendre sa jeunesse.

Cette histoire faisait ressurgir en Béorf de beaux souvenirs. Il revoyait maintenant Amos affronter Yaune le Purificateur ; il le voyait également triompher au jeu de la vérité. Le gros garçon se sentait à présent bien seul et ses pensées dérivèrent lentement vers Médousa, la plus belle de toutes les gorgones. Elle aussi était morte. L'hommanimal sentit sa gorge se serrer pendant que ses yeux s'inondèrent de nouveau. Amos, juste à ses côtés, tentait toujours d'établir la communication.

— Je t'explique encore une fois, Béorf. Lolya m'a dit que le monde des morts voulait entrer en contact avec moi. Elle a aussi dit qu'elle devrait ouvrir une porte! Écoute, bon sang, fais un effort! Béorf, tout ceci doit faire partie de son plan! Tu te rappelles, après notre premier repas tous les trois, Lolya m'a parlé de différentes magies? Mais non, tu ne peux pas savoir, tu dormais! Tu t'endors toujours au mauvais moment!

On fermait maintenant le cercueil. Amos, pris de panique, vit les fossoyeurs clouer le couvercle. Frilla Daragon éclata en sanglots dans les bras de son mari. Le jeune porteur de masques essaya, en vain, de communiquer avec ses parents. Il tenta d'envoyer une sphère de communication en utilisant ses pouvoirs. Rien. Impossible d'utiliser sa magie. Son âme était maintenant dans une autre dimension, et l'air ne lui obéissait plus. Amos cria, sauta et tenta de renverser plusieurs pierres tombales. Rien n'y fit. Ses parents et amis, en larmes, restaient là, immobiles, regardant les fossoyeurs remplir lentement le trou. Amos assista à son enterrement sans pouvoir intervenir.

Lorsque tout le monde se dirigea vers la sortie du cimetière pour regagner la ville, Amos suivit Béorf. Il lui parlait toujours, lui demandant sans cesse d'interroger rapidement Lolya. Mais le gros garçon n'entendait rien. Amos avait beau lui crier dans les oreilles, lui donner des coups de pied et le traiter de tous les noms, Béorf ne réagissait pas et continuait de pleurer silencieusement. Lorsqu'il voulut traverser les portes du cimetière, Amos fut violemment projeté vers l'arrière. Un champ de force le retenait à l'intérieur de ce lieu. Étonné et frustré, il essaya de nouveau. Encore une fois, ce fut sans succès.

En désespoir de cause, Amos tenta d'empêcher Junos de sortir. Il saisit une pelle qui était posée contre un muret et lui en assena un violent coup. Cependant, dans les mains du garçon, la pelle était devenue translucide et vaporeuse. Et, bien sûr, Junos ne sentit rien du tout. C'est avec un profond sentiment d'impuissance que le jeune porteur de masques vit s'éloigner ses parents et ses amis. Prisonnier du cimetière, il retourna à sa pierre tombale où les deux fossoyeurs rangeaient leurs affaires.

Amos demeura longtemps debout, près de sa tombe, sans savoir comment se sortir de ce pétrin. Il pensa à ce que Lolya lui avait raconté, aux choses qu'elle lui avait prédites. D'abord, il devrait affronter sa prochaine aventure sans pouvoir utiliser ses pouvoirs. Ensuite, il lui faudrait écouter son cœur pour décider quoi faire. Et puis, finalement, il y aurait la mort d'un de ses amis. Amos avait du mal à comprendre tout ce fatras de prédictions.

Tandis que le porteur de masques essayait de remettre de l'ordre dans ses idées, ses yeux se posèrent sur une rivière qui coulait en plein centre du cimetière. Ébahi, il s'approcha de la rive pour s'assurer que ce cours d'eau n'était pas une hallucination. Mais non, c'était bel et bien une rivière! Il ne l'avait jamais vue de son vivant. Ses eaux semblaient profondes et ténébreuses. Une terrible puanteur s'en élevait en vapeurs légères. Elle coulait lentement, en un épais bouillon. De grosses bulles remontaient régulièrement à la surface en laissant échapper une fumée verte. Tout près d'Amos, il y avait un quai rappelant ceux du domaine d'Omain, sa terre natale. Les pêcheurs du royaume s'en servaient pour l'embarquement et le débarquement de passagers.

Amos s'avança sur le quai. Au bout de l'embarcadère, il remarqua une cloche d'où pendait une longue corde.

«Au point où j'en suis, pensa-t-il, aussi bien sonner et attendre! Je vais peut-être attirer l'attention de quelqu'un!»

Le son de la cloche retentit alors dans tout le cimetière, puis le silence revint aussitôt. Amos essaya de nouveau. Rien. Découragé par ce nouvel échec, il tourna les talons pour regagner la rive. À ce moment, un vent fort se leva. Tournant la tête, le jeune garçon vit arriver un bateau. Un immense trois mâts presque aussi large que la rivière venait vers lui à vive allure.

Le navire était dans un état pitoyable. Sa coque, trouée par des dizaines de boulets de canon, semblait vouloir se rompre à tout moment. De la braise fumante, des marques de nombreux combats, de la suie et de grandes traces de sang coloraient l'ancien vaisseau de guerre. Les voiles étaient en lambeaux, le mât central sectionné en deux et la figure de proue, représentant une sirène, n'avait plus de tête. Le vaisseau fantôme ralentit et s'immobilisa en face du garçon. Deux squelettes sautèrent brusquement sur le quai et attachèrent les amarres. Amos, paralysé par la peur, se dit :

« Je pense que j'ai vraiment réussi à attirer l'attention de… de quelqu'un ! »

Les deux squelettes, en bons matelots, avaient immobilisé le bateau. Ils restaient plantés là, les cordes d'amarrage dans les mains, en dévisageant le garçon. Une passerelle tomba lourdement devant Amos. C'est un vieillard mal vêtu, à la mine sombre et sinistre, qui descendit vers lui. Sans émotion et sur un ton menaçant, il lui demanda en criant:

— TON NOM?

— Amos... euh... Amos Daragon, monsieur.

Le vieil homme à la peau grise et aux lèvres vertes sortit un épais livre de cuir d'une sacoche. Il le consulta quelques instants puis, impatient, hurla encore:

— RÉPÈTE TON NOM!

— Amos Daragon, répéta le garçon.

— JE NE TROUVE PAS TON NOM, vociféra l'homme. VA-T'EN, SALE MOUCHERON, TU N'ES PAS MORT!

À ce moment, comme le capitaine s'apprêtait à remonter à bord de son navire, Amos vit un homme descendre la passerelle. Il paraissait nerveux et portait sa tête sous son bras. Il s'approcha du vieillard et déclara:

— J'ai une dérogation... disons... une lettre du baron Samedi pour assurer... comment dirais-je?... le passage de monsieur Amos Daragon. Regardez ce papier!

— Très bien, marmonna le vieux après avoir lu la lettre. CE PAPIER M'INDIQUE CLAIREMENT QUE VOUS ÊTES BEL ET BIEN MORT, cria-t-il à Amos. JE M'APPELLE CHARON ET JE SERAI VOTRE CAPITAINE POUR LE

VOYAGE. VOUS DEVEZ PAYER VOTRE PASSAGE! MAINTENANT!

— Désolé, je n'ai pas d'argent! répondit le jeune garçon, étonné.

L'homme qui portait sa tête sous son bras s'avança:

— Bonjour, monsieur Daragon. Je m'appelle Jerik Svenkhamr et je dois assurer le... disons... le bon déroulement de votre voyage jusqu'à Braha. Regardez bien dans... comment dire?... là... sous votre langue... disons... oui... dans votre bouche, il y a sûrement là une pièce qui traîne. Il arrive souvent que... comment dire?... que les gens laissent là un peu d'argent afin de payer maître Charon pour ses services. C'est une vieille tradition dans... dans... enfin... dans plusieurs cultures!

Amos se mit les doigts dans la bouche et, surpris, il y trouva une boucle d'oreille en or. Le garçon reconnut immédiatement le bijou de Lolya. La jeune reine le lui avait sûrement glissé sous la langue durant la grande cérémonie.

Sans comprendre comment il avait pu garder ce bijou tout ce temps dans la bouche sans même s'en rendre compte, Amos tendit l'objet à Charon.

— MERCI, fit le capitaine en riant, PROFITEZ BIEN DE VOTRE DERNIER VOYAGE!

— Venez, maître Daragon, venez! dit Jerik en empoignant le porteur de masques par le bras. Je vous croyais plus… disons… comment dire?… plus vieux, plus costaud et moins enfant… disons… plus adulte.

— Expliquez-moi ce qui se passe! J'ai besoin de comprendre, demanda Amos à Jerik en montant sur le pont du bateau et tout étonné qu'il l'appelle « maître ».

— Voici, voici… c'est assez simple, finalement. Il y a longtemps que je vous cherche. En fait, c'est mon maître, le premier magistrat de Braha, qui désire vous rencontrer. Là, ici, nous sommes sur le fleuve de la mort, celui qu'on nomme le Styx. Lui, c'est Charon… mais… mais vous le connaissez déjà! Enfin, pas depuis longtemps mais déjà quand même. Moi, je suis le secrétaire de Mertellus… Je suis un ancien voleur qui a eu la tête coupée. D'ailleurs, cela se voit, non? Mertellus est le juge, le premier magistrat de Braha qui, en fait, est… la grande cité des morts. Comment dire?… Vous aurez à trouver une clé que seul un être vivant peut prendre, mais le problème… c'est que… nous ne savons pas si elle existe vraiment! De toute façon, là, vous êtes… disons… mort mais il vous faudra revenir à la vie! Vous voyez? Des questions? Il y a aussi le baron Samedi, sans qui rien de tout cela n'aurait pu être possible! C'est lui qui vous a envoyé Lolya… C'est clair?

— Je n'ai absolument rien compris de ce que vous venez de dire, Jerik, répondit Amos, en proie à la plus grande des confusions.

— Je ne suis peut-être pas la meilleure personne pour… enfin… vous voyez? J'ai un peu perdu la tête… C'est une blague… En fait… vous la comprenez? Bon… enfin… de toute façon, il est vrai que je n'ai jamais eu beaucoup de… de tête!

Le navire largua les amarres. Amos soupira en regardant s'éloigner, derrière lui, le cimetière de Berrion.

5
Les révélations de Lolya

Le calme était maintenant revenu dans la ville de Berrion. Junos avait fait amende honorable auprès de la population. Il avait avoué son manque de jugement, sa trop grande bonhomie, et les citoyens de Berrion avaient vite pardonné à leur seigneur. Tous savaient que le royaume avait un seigneur au grand cœur, et personne ne parla plus de cette misérable histoire de révolte.

Toute la tribu des Dogons avait été jetée en prison avant les funérailles d'Amos. Après cinq jours de deuil, Junos convoqua la jeune reine dans la cour du palais. Étant donné qu'on ne savait pas exactement quelle était l'étendue de ses pouvoirs magiques, c'est pieds et mains enchaînés qu'on l'amena devant le seigneur. Très dignement, Lolya salua l'assistance, sous une pluie d'insultes, d'invectives et de jurons. Après avoir exigé le silence, Junos déclara:

— Lolya, reine des Dogons, nous vous avons reçus dans ce royaume, vous et vos hommes, comme des amis. Vous avez trahi notre confiance! Nous ne punissons pas l'homicide par la mise à mort des meurtriers. Par contre, vous payerez cher l'assassinat de mon ami Amos Daragon. Je vous condamne au châtiment des fées du bois de Tarkasis. Les gardiennes du pays de Gwenfadrille vous feront danser et voleront de précieuses années de votre vie. Vous entrerez dans ce bois comme une enfant et vous en ressortirez dans cinquante ans, aussi vieille qu'une grand-mère.

— Vous semblez croire que j'ai vraiment tué Amos Daragon? fit Lolya en niant l'évidence.

Enragé, Béorf cria:

— Nous t'avons tous vue le tuer! Son cœur s'est arrêté de battre…

— IL N'EST PAS MORT! répondit violemment Lolya. Écoutez-moi bien maintenant car si vous ne faites rien, votre ami risque de perdre son âme. Je ne sais trop comment vous expliquer… J'agis pour obéir au baron Samedi. Il est mon guide…

— J'en ai assez entendu! lança Junos. Qu'on l'amène au bois de Tarkasis! Nous reconduirons ensuite ses hommes aux portes du royaume. Je n'ai pas confiance en cette petite menteuse qui…

Lolya poussa soudainement un cri strident et tomba par terre, en proie à de violentes convulsions. Devant un tel spectacle, personne n'osa bouger, espérant que cette manifestation ne fût pas encore un de ses tours de sorcellerie. Les yeux révulsés et l'écume aux lèvres, la fillette tremblait de tout son corps en émettant des sons discordants. Cette crise dura une bonne minute. Une fois calmée, la jeune reine se remit lentement sur ses pieds. Elle s'essuya la bouche et dit d'une voix profonde et caverneuse:

— Stupides humains! Vous ne savez pas écouter et vous croyez tout ce que vos simples perceptions vous font croire.

— Qu'est-ce que ce tour de magie? demanda agressivement Junos. Qu'on s'empare d'elle!

Lolya éclata d'un rire profond. Au moment où deux chevaliers tentèrent de la saisir, leurs mains s'enflammèrent au contact de sa peau. Les deux hommes coururent vers la fontaine de la cour en hurlant de douleur. La fillette sourit méchamment.

— On ne s'empare pas du baron Samedi!

La reine des Dogons leva les bras et mit la chaîne reliant ses deux mains dans sa bouche. Devant tous les incrédules, elle la broya comme une coquille de noix entre ses dents. Par sa seule volonté, elle fit ensuite fondre les maillons de métal qui entravaient ses pieds.

— Écoute-moi, seigneur Junos, ou je fais cuire ton armée! dit Lolya qui avait maintenant une voix de démon.

Au moment même où elle prononça ces paroles, les armures de tous les chevaliers devinrent brûlantes. Les couteaux et les épées prirent une couleur rouge semblable à celle du métal chauffé par le feu d'une forge. Les hommes commencèrent à courir dans tous les sens en essayant de retirer leur cuirasse. Quelques personnes de l'assistance voulurent fuir, mais les poignées des portes du château flamboyaient aussi d'une forte intensité. Junos cria :

— Arrêtez ce cirque ! Je vous écoute !

— Très bien, répondit la fille en annulant son sort. Tu vois Lolya mais elle n'est plus là. J'ai emprunté son corps pour t'adresser la parole. Je suis le baron Samedi, un ancien dieu d'un ancien monde que tu n'as pas connu. J'ai plusieurs noms, plusieurs formes, et mes pouvoirs sont grands.

— Et qu'attendez-vous de nous ? lança Béorf sur un ton de défi.

— En voici un qui n'a pas peur de la mort ! fit le baron. Tu as dans les yeux le même courage que ton père et ta mère, jeune béorite. Les hommes-ours sont ainsi puissants et fiers. C'est moi qui ai accueilli tes parents dans le monde des morts lorsqu'ils ont été brûlés vivants par Yaune le Purificateur.

— Je suis bien content de l'apprendre, rétorqua Béorf avec arrogance et mépris. Parle maintenant et retourne ensuite d'où tu viens!

La fillette sourit et le baron Samedi continua:

— Rassurez-vous! Amos Daragon, le porteur de masques, n'est pas réellement mort. C'est sous mes ordres que Lolya l'a envoyé dans une autre dimension. Soyez plus gentils avec cette enfant! Plus de chaînes et plus de prison! C'est un être doué d'une grande force vitale. Son voyage pour venir à Berrion a été long et difficile, et la moitié de ses hommes sont morts en chemin. J'ai moi-même fabriqué, dans les forges de l'enfer, le masque du feu qu'elle a offert à Amos. Il n'y a jamais eu de porteur de masques dans sa famille ou même chez les Dogons. Lolya vous a menti parce qu'elle ne pouvait pas vous révéler nos véritables intentions et parce qu'elle voulait que vous ayez confiance en elle. Comme je lui ai demandé de le faire, elle a envoyé Amos Daragon vers Braha, la grande cité des morts. J'avais besoin de lui pour régler une affaire urgente. J'ai également besoin de vous! Je vais vous dire ce que vous devez maintenant faire pour ramener Amos Daragon à la vie. Déterrez rapidement son corps et portez-le dans le désert de Mahikui. Vous trouverez là, au milieu de cette mer de sable, une pyramide dont seule la pointe émerge du sol. Vous devrez franchir une porte, mais Lolya saura comment actionner son mécanisme d'ouverture. C'est au centre de cette pyramide que vous déposerez le corps du porteur de masques. Lolya vous guidera pendant tout le voyage. Le corps du garçon doit être à sa place lors de la prochaine éclipse de soleil qui aura lieu dans deux mois exactement. Vous n'avez pas de temps à perdre. Plusieurs d'entre vous mourront dans cette aventure. Méfie-toi, Junos, quelqu'un, ici, dans ce château, cherche à te nuire. Tu héberges un espion. Je pars maintenant… Ne perdez pas de temps! Béorf! On se reverra… À bientôt!

À ce moment, l'esprit du baron Samedi quitta le corps de Lolya, et celle-ci s'effondra sur le sol, inconsciente. Béorf courut à toute vitesse vers le cimetière. Accompagné de ses parents adoptifs, Urban et Frilla Daragon, il se transforma en ours et commença à creuser frénétiquement le sol. En quelques minutes, le corps était exhumé. On ramena Amos au château et Junos ordonna qu'on prenne soin de Lolya.

Le soir venu, lorsque tout redevint calme, Béorf se rendit auprès de la dépouille de son ami. Amos avait été installé dans sa chambre, sur son lit. Recouvert d'un drap blanc, le garçon semblait dormir d'un profond sommeil.

Des dizaines de chandelles avaient été allumées et leurs flammes dansantes caressaient les murs d'une douce lumière. Béorf s'assit sur le lit et parla doucement à son ami:

— Salut, Amos. Je ne sais pas si tu peux m'entendre, mais j'ai besoin de te parler. Quand j'étais petit, mon père m'a raconté l'histoire du forgeron de son village. Un jour, cet homme se présenta devant le grand prêtre. Complètement bouleversé, il demanda au sage de lui permettre de quitter le village pour se cacher en haut de la grande montagne. Apparemment, le forgeron avait vu la mort en personne qui le regardait de façon terrifiante. Ne voulant pas mourir, il avait choisi de fuir en espérant échapper à son destin. Le prêtre lui donna sa bénédiction, et le villageois déguerpit précipitamment. Au sommet de la montagne, épuisé par le trajet, il glissa malencontreusement sur une pierre et se cassa le cou. La mort apparut alors à ses côtés. Le forgeron, agonisant, lui demanda: «Pourquoi m'as-tu torturé de ton regard lorsque je t'ai aperçue au village? Tu savais que j'allais mourir, alors pourquoi me faire ainsi souffrir?» La mort répondit: «Tu t'es mépris sur mon regard, il n'était pas du tout rempli de colère mais plutôt de surprise. Hier, j'ai reçu l'ordre d'aller te chercher dans la montagne. Si bien que, quand je t'ai vu dans ta forge, au village, je me suis demandé: "Mais comment ce forgeron pourra-t-il être demain dans la montagne alors qu'ici, il croule sous l'ouvrage et semble parfaitement heureux? Il n'a aucune raison de partir!"»

Béorf soupira, puis, après un long moment de silence, il reprit son monologue:

— Il semble, mon ami Amos, que nous n'échappons pas à notre destin. Le baron Samedi m'a salué en disant que nous allions nous revoir. Comme dans l'histoire de mon père, je viens de voir pour une première fois la mort. J'ai peur de mourir, Amos…

Comme il terminait sa phrase, Béorf aperçut une ombre qui se faufilait dans le couloir. Doucement, il se dirigea vers la porte entrebâillée. Le gros garçon vit alors un des cuisiniers du château, habillé de vêtements de voyage, descendre furtivement l'escalier et courir vers les écuries. Il reconnut l'homme que Lolya avait poursuivi avec un couteau dans les cuisines du palais. La jeune reine l'avait alors accusé de traîtrise et avait dit qu'il avait le mauvais œil. Le cuisinier vola un cheval et déguerpit dans la nuit. Sans hésiter, Béorf se transforma en ours et se lança à la poursuite du fugitif.

« Si mon destin est de mourir dans cette aventure, pensa-t-il, je mourrai la tête haute, comme mon père et ma mère! Je ne fuirai pas lâchement devant le danger! »

6
Sur la route de Braha

Depuis plusieurs heures, Amos essayait de comprendre ce que lui expliquait Jerik. Le secrétaire avait posé sa tête sur un baril du navire afin de se reposer un peu les bras.

— Bon, si tu es d'accord, je récapitule, Jerik, dit Amos. Premièrement, nous voguons en ce moment sur le Styx, le fleuve de la mort. Cette rivière coule dans une autre dimension, et les vivants ne peuvent pas la voir. C'est cela?

— Oui, c'est bien cela! s'exclama Jerik. C'est comme la clé de Braha pour ouvrir les portes! Vivant, oui, c'est possible! Mais mort… non! C'est ce que je disais…

— Une chose à la fois! lança Amos en interrompant la tête qui bougeait sans cesse sous le mouvement des mâchoires. Toutes les âmes des morts doivent impérativement prendre ce bateau pour atteindre une très grande ville nommée Braha. Les cimetières sont en réalité des ports d'embarquement. Charon est le capitaine de ce navire, et sa fonction est de récupérer les âmes et de les amener à Braha où elles seront toutes jugées. Cette ville est entièrement peuplée de fantômes. Ce sont des revenants, comme toi et moi, qui attendent de partir vers le paradis ou l'enfer. Là-bas, trois magistrats décident qui va dans le monde des dieux positifs et qui va dans le monde des dieux négatifs, c'est bien cela ?

— Précisément... voilà... tout y est, sauf bien sûr la clé ! répondit Jerik.

— J'y viens. Toi, Jerik, tu travailles pour Mertellus. Il y a aussi les juges Ganhaus et Korrillion. Un matin, sans avertissement, les deux portes permettant de faire sortir les âmes se sont fermées. Impossible de les rouvrir ! Vous m'avez alors choisi pour vous venir en aide. C'est moi qui dois maintenant trouver la clé pour vous sortir du pétrin, c'est toujours cela ?

— Exactement ! Cependant, il y a encore un problème... à expliquer... disons... plutôt... à régler... Comme je le disais... une âme ne peut pas...

Le bateau s'arrêta brusquement. Amos interrompit Jerik :

— Tu me parleras de ce problème plus tard, allons voir ce qui se passe !

Quatre ou cinq autres âmes, parmi les passagers, suivirent le garçon et se dirigèrent, elles aussi, vers la passerelle. Sur le quai d'un tout petit cimetière rempli de fleurs, Charon refusait de faire embarquer une famille. L'homme implorait la clémence du capitaine :

— Je vous en supplie, je n'ai que cette pièce à vous offrir ! Mes trois enfants, ma femme et moi sommes morts dans l'incendie de notre chaumière. Nous sommes des paysans et avons peu d'argent. Ne nous faites pas cela ! Nous étions très unis dans la vie, s'il vous plaît, ne nous divisez pas dans la mort…

— PAS QUESTION ! cria méchamment Charon. UNE PIÈCE PAR PERSONNE ! LA LOI, C'EST LA LOI ! CINQ PERSONNES, CINQ PIÈCES !

— Mais je n'ai rien d'autre pour vous payer !

— EH BIEN, TANT PIS ! hurla le vieillard. VOS ENFANTS ET VOTRE FEMME DEVIEN-DRONT DES ÂMES ERRANTES ET NE TROUVERONT JAMAIS LE REPOS !

Amos, incapable de laisser cette famille dans le malheur, intervint :

— Capitaine ! laissez monter cette famille. Comme cet homme n'a rien pour payer le passage des siens, eh bien, je le payerai ! Je double sa mise ! Si vous les laissez monter, je vous offre deux fois rien !

— TRÈS BIEN, dit Charon. TU VEUX RUSER AVEC MOI, JEUNE HOMME,

EH BIEN, RUSONS ENSEMBLE. SI TU NE ME DONNES PAS EXACTEMENT DEUX FOIS RIEN, JE TE LANCE PAR-DESSUS BORD! MARCHÉ CONCLU?

— Marché conclu! répondit Amos en souriant de toutes ses dents.

La famille prit donc place à bord du navire. L'homme remercia chaleureusement le jeune garçon. Le père, la mère et leurs trois enfants se blottirent dans un coin en attendant la suite des événements. Pendant ce temps, Jerik s'avança vers Amos et dit:

— C'est que... vous ne le savez probablement pas... mais, comment dirais-je?... toute âme qui touche le Styx est automatiquement... voyons... disons... dissoute et rejoint le néant éternel. Comme j'ai besoin de vous à Braha... je pense... que... disons... cette intervention n'était pas une très bonne idée de votre part! Charon voudra véritablement voir son « deux fois rien » et... bon... je ne pense pas que « rien » soit en réalité quelque chose de... visible... encore moins de palpable!

— Cela dépend de la façon dont on regarde les choses, répondit très calmement Amos en voyant arriver le capitaine.

— MAINTENANT, PAYEZ-MOI, MONSIEUR DARAGON! cria Charon avec une mine patibulaire. J'EXIGE EXACTEMENT DEUX FOIS RIEN!

— Tout de suite, fit le porteur de masques. Votre gros livre de cuir, dans votre sacoche, mettez-le sur la table, juste ici, s'il vous plaît.

— POURQUOI? demanda le capitaine.

— Faites-le et je vous donne ensuite exactement ce que je vous dois, répondit poliment Amos.

Charon obtempéra en maugréant. Une fois le livre posé sur la table, le garçon dit:

— Soulevez maintenant votre gros bouquin et dites-moi ce qu'il y a dessous!

— MAIS… IL N'Y A RIEN! vociféra Charon après s'être exécuté.

— Eh bien, puisque vous l'avez vu, prenez-le, il est à vous! Recommencez encore une fois le même manège et vous aurez exactement ce que je vous ai promis, c'est-à-dire deux fois rien. Je vous demande par contre de vous en tenir là, j'ai déjà promis trois fois rien à quelqu'un d'autre!

Les deux squelettes matelots esquissèrent, du mieux qu'ils purent, un large sourire. Toutes les âmes des passagers éclatèrent d'un rire bien sonore. Pour la première fois de sa vie de capitaine, Charon eut lui aussi un rictus. Décontenancé, il essaya de retenir son sourire, mais sans succès. Le vieillard s'approcha du garçon et déclara :

— VOUS ÊTES UN MALIN, JEUNE VOYAGEUR ! À L'AVENIR, JE VOUS AURAI À L'ŒIL !

— Ce sera toujours un plaisir de vous servir, capitaine. Et faites bon usage de ce que je vous ai donné ! rétorqua Amos avec un clin d'œil complice.

Jerik, ahuri par la tournure des événements, se laissa mollement tomber sur son derrière, à même le sol.

— Moi qui croyais que l'aventure allait se terminer… comment dire ?… là ! dans le Styx ! Je n'en crois pas mes yeux… Vous avez accompli l'impossible, maître Daragon… Vous avez fait sourire Charon ! Devant moi… sous mes yeux… il a réellement souri ! Vous êtes bel et bien la personne qu'il nous faut à Braha, maître Daragon ! Vous accomplissez des… des miracles !

— Merci du compliment, répondit Amos, content de lui.

***

Quelques jours s'étaient écoulés depuis qu'Amos avait quitté les terres de Berrion.

Il trouvait le temps long. Voguant uniquement sur le Styx, le bateau s'arrêtait souvent dans l'un ou l'autre des cimetières qui se trouvaient sur sa route pour faire embarquer de nouveaux passagers. Le garçon fit ainsi la connaissance d'un étrange personnage, un érudit qui était monté à bord en pleurant à chaudes larmes. Il faisait pitié à voir. Après quelques heures sur le navire, l'homme se confia le plus naturellement du monde à Amos.

Le savant avait acquis, au prix d'un nombre incalculable d'heures d'étude, une culture universelle. Il connaissait aussi bien les langues que les coutumes de tous les pays, parlait des étoiles comme s'il les avait visitées, et pas une seule plante n'avait de secret pour lui. Maître en géographie et en histoire, il n'avait par contre jamais voyagé. Il avait tout appris dans les livres. De sa plus tendre enfance jusqu'à l'âge de quarante ans, la bibliothèque de sa cité avait été son seul refuge.

C'est alors que, connaissant tout sur le monde, l'homme avait décidé d'entreprendre son premier voyage. Il avait embarqué sur un navire qui devait le conduire sur un autre continent. Sûr de lui et de sa science, il avait demandé au capitaine, un homme simple et délicat, s'il avait étudié la grammaire. Celui-ci lui avait répondu que non.

— Les mathématiques peut-être?

— Non.

Désirant faire étalage de sa supériorité intellectuelle, l'érudit avait insisté :

— L'astronomie ?

— Non.

— L'alchimie ?

— Non.

— La rhétorique ?

— Non, avait encore répondu respectueusement le vieux marin.

— Eh bien, avait déclaré le savant, tu as perdu ta vie en balivernes, vieil homme !

Fâché et déconcentré, le capitaine avait alors fait une fausse manœuvre, et son navire avait violemment heurté un récif. La coque du bateau s'était ouverte et l'embarcation avait commencé à couler. Le capitaine avait regardé l'érudit qui, dès la collision, avait perdu toutes ses couleurs et toute son arrogance. Il était blanc comme neige et ressemblait à un enfant apeuré.

— Dis-moi, avait demandé le marin, toi qui sais tout, tu as sûrement appris à nager ?

— Non, je ne sais pas nager, avait avoué le savant.

— Eh bien, avait rétorqué le capitaine, je pense que, de nous deux, c'est plutôt toi qui viens de perdre toute ta vie.

Le vieux capitaine avait nagé jusqu'au rivage en laissant l'érudit couler avec le navire. Le bateau de Charon avait recueilli son âme, transie et complètement mouillée, sur le bord du Styx. Ce savant s'appelait Uriel de Blanche-Terre. Au fil des jours, il se lia d'amitié avec le garçon et le secrétaire, puis ne les quitta plus.

Alors qu'Amos jouait aux cartes avec Uriel et Jerik pour passer le temps sur le navire, un des squelettes matelots lui tapota l'épaule pour attirer son attention. Comme il se retournait, Amos aperçut le capitaine qui lui faisait signe de la main. Abandonnant son jeu, il suivit Charon.

— Qu'est-ce que je peux faire pour vous ? demanda Amos.

— ENTRE DANS MA CABINE, VOYOU ! s'exclama l'homme.

Le garçon s'exécuta sans comprendre ce qui se passait. Charon lui désigna un siège. Le capitaine resta debout et commença à marcher nerveusement, tournant en rond dans la petite pièce.

— Je veux que tu m'aides, finit-il par dire, j'ai besoin de toi.

— Mais, capitaine, vous ne criez plus ?

— Non, répondit Charon. Quand je crie, c'est pour me donner une contenance. Mon métier est difficile et mes ordres sont stricts. Je ne dois en aucun cas montrer de la compassion pour mes passagers. Je t'avoue même que, lorsque je suis seul dans ma cabine, je pleure en pensant à ces enfants que je dois abandonner sur les quais parce qu'ils sont sans le sou. Et puis, il y a aussi toutes ces âmes solitaires, apeurées et impuissantes dans la mort. Bref... je dois me sortir continuellement ces images de la tête. Plus je me montre rigide, plus j'étouffe mes véritables émotions. Depuis ton arrivée, je sais que tu n'es pas comme les autres et que je peux te faire confiance. Voilà pourquoi je te confie cela aujourd'hui.

— Parlez, je vous écoute. Je suis touché par votre geste et je ferai tout mon possible pour vous aider.

— Eh bien, voilà, commença Charon. Je vogue depuis des siècles sur ce bateau. J'en ai vu de toutes les sortes et de toutes les couleurs si... si tu vois ce que je veux dire! Mais il y a une chose que je n'arrive pas à m'enlever de la tête. Une chose qui me hante constamment. Nous arriverons bientôt près d'une grande île dont, depuis près de trois cents ans, les habitants sont damnés. Ils sont tous morts de soif lors d'une importante sécheresse provoquée par leur dieu. Celui-ci est méchant et s'amuse encore à les voir souffrir. Il les empêche tous de monter sur mon bateau. Ce dieu leur a soumis une énigme qu'ils doivent résoudre pour être libérés des tourments de la soif. Quelque chose de très difficile à résoudre, mais je pense que tu es assez malin pour leur venir en aide. Tu devrais les voir, chaque seconde est une éternité pour ces assoiffés maudits !

— Et… quelle est cette énigme ? demanda Amos.

— Ils doivent faire pleuvoir en utilisant seulement deux cruches remplies d'eau, répondit Charon en haussant les épaules d'un air désespéré. Cela me paraît impossible mais… si c'est une énigme, il doit probablement y avoir une solution.

— Mais comment peut-on faire tomber la pluie avec deux cruches d'eau ? fit Amos, songeur.

— Je n'en sais vraiment rien ! Si je le savais, je ne t'en aurais pas parlé ! lança le capitaine qui commençait déjà à s'impatienter. Enfin, pense à cela, ajouta-t-il en se radoucissant. Nous serons bientôt aux abords de l'île. S'il y a quelque chose à faire, eh bien, fais-le ! Sinon… sinon ils souffriront jusqu'à la fin de temps. Et moi, je continuerai à passer devant l'île sans pouvoir rien y changer.

Amos quitta la cabine du capitaine pour aller retrouver Uriel et Jerik. Plus loin, ces deux derniers discutaient à voix basse :

— Seth m'a libéré des enfers pour que j'élimine ce garçon ? s'assura Uriel. Et je le tue quand ? Ce sera un jeu d'enfant ! Et comment va mon frère, le grand magistrat Ganhaus ?

— Bien, bien… il va bien…, chuchota Jerik. Je crois qu'Amos pense… je crois qu'il s'imagine vraiment que tu es un grand érudit… Tu as bien joué… Ton histoire et tes… disons… tes larmes étaient parfaitement crédibles! Mais nous ne devons pas… comment dire?… il ne faut pas brûler les étapes… Tu tueras Daragon lorsqu'il sera en possession de la clé… de la clé de Braha. Il faudra ensuite que tu la donnes à… à ton frère…

— Je suis patient, crois-moi! Je ferai ce qu'il faut, affirma Uriel.

— Tais-toi! murmura Jerik. Le voilà qui vient!

Amos s'approcha de ses compagnons de voyage. Voyant son air soucieux, Uriel demanda en feignant parfaitement l'inquiétude:

— Qu'est-ce qui se passe? On peut t'aider, mon jeune ami?

— Non, répondit le garçon. C'est quelque chose entre moi et Charon. Allez! reprenons la partie si vous voulez bien!

— J'aime mieux ça… Je préfère que vous ne m'embêtiez pas avec vos affaires personnelles, maître Daragon. J'en ai assez des miennes qui sont… disons… passablement compliquées, poursuivit Jerik en redistribuant les cartes. Lavez votre linge sale en famille comme… comme on dit chez moi!

Amos leva les yeux, regarda Jerik et éclata d'un rire franc et libérateur.

— Jerik, tu viens à l'instant de sauver des centaines d'âmes de la malédiction! dit-il au secrétaire en l'embrassant sur le front.

***

La passerelle tomba et Amos mit le pied sur l'île.

— JE TE LAISSE UNE HEURE, VERMINE! cria Charon. SI TU N'ES PAS REVENU, JE TE LAISSE ICI, PETIT MORVEUX!

— Pourquoi descend-il ici? demanda Uriel, soucieux de ne jamais perdre le jeune garçon de vue.

— MÊLE-TOI DE TES AFFAIRES ET FERME-LA! hurla le capitaine. FAIS LE MORT! JE NE VEUX PLUS T'ENTENDRE!

— Difficile de faire autre chose que le mort sur ce bateau, marmonna hargneusement Uriel.

Amos marcha un moment sur la grande île désertique et arriva bientôt au village des damnés. Un chaud soleil brûlait la terre, et tous les habitants étaient assis à l'ombre de huttes. Leur corps était complètement desséché et brûlé. Ces pauvres gens n'avaient plus que la peau sur les os. Un homme se leva péniblement et vint à la rencontre d'Amos. D'une voix faible, il le mit en garde :

— Pars. Nous… nous sommes maudits et…

— Je sais ce qui vous arrive, l'interrompit le garçon. Votre dieu se moque de vous et il semble n'y avoir aucune solution à votre malheur. Pourtant, il existe bien une façon de vous sortir de cette situation ! Je sais comment faire pleuvoir avec deux cruches remplies d'eau.

— Il est bien spécifié que nous ne devons pas les… les boire, reprit l'homme en avalant difficilement la poussière entre ses dents.

Si nous utilisons l'eau à mauvais escient, notre sort sera… sera à jamais scellé dans la souffrance.

— Faites-moi confiance, je pense pouvoir vous tirer de ce mauvais pas. Amenez-moi une première cruche d'eau ainsi qu'un grand seau, s'il vous plaît, demanda Amos. Et j'ai également besoin de savon !

Le jeune porteur de masques, sûr de lui, vida le contenu de la première cruche dans le seau. Il retira ensuite son pantalon, le trempa dans l'eau et, en utilisant le savon, commença à le laver. Le village entier, à bout de forces et de larmes, regardait la scène sans espoir. Lorsqu'il eut terminé de nettoyer son vêtement,

Amos vida le seau et demanda qu'on lui apporte la deuxième cruche. Le chef du village déclara sur un ton suppliant :

— Mais… mais pourquoi faites-vous cela ? Nous voilà maintenant… condamnés pour l'éternité !

— Ayez confiance. J'ai besoin de la deuxième cruche, c'est primordial.

Sans rechigner, les habitants du village acquiescèrent à sa demande. De toute façon, tout était désormais perdu pour eux, croyaient-ils. Amos prit la seconde cruche, la vida au complet dans le grand seau et rinça consciencieusement son pantalon. Il en retira toute trace de savon, puis vida encore une fois l'eau par terre. Au grand désespoir de tous, Amos demanda :

— Puis-je faire sécher mon pantalon sur cette corde à linge ?

Découragé, le chef hocha la tête de haut en bas. Dès que le vêtement fut étendu sur la corde, les nuages couvrirent rapidement le soleil, et un violent orage éclata. Devant les figures éberluées des habitants de l'île maudite, Amos, tout fier de lui, dit simplement :

— Ma mère dit toujours qu'il suffit de mettre du linge à sécher dehors pour que la pluie vienne à tous coups gâcher le lavage ! L'énigme posée par votre dieu est maintenant résolue. Vous êtes libres de quitter cette île. La malédiction est levée. Profitez un peu de la pluie. Un bateau vous attend à la pointe là-bas. Ah oui, n'oubliez pas de prendre une pièce de monnaie pour payer votre passage, le capitaine a mauvais caractère !

7
Le retour
du Purificateur

Béorf avait suivi à la trace le cuisinier fugitif qui avait chevauché jusqu'au matin avant de s'arrêter dans une clairière, non loin des limites du royaume de Berrion. Béorf vit un homme venir à la rencontre du cuisinier. Il était grand et robuste et portait une solide armure rutilante. Il montait un gros cheval roux. Son bouclier arborait des armoiries représentant d'énormes têtes de serpents. Au moment où le chevalier retira son casque, Béorf reconnut Yaune le Purificateur. Une large cicatrice traversait son visage. L'ancien seigneur de Bratel-la-Grande avait toujours le mot « meurtrier » tatoué sur le front. Il semblait encore plus méchant et plus vicieux qu'auparavant. C'est lui qui avait ordonné qu'on brûle les parents de Béorf en les accusant de sorcellerie.

Sous sa forme animale, Béorf marcha silencieusement à quatre pattes et s'avança le plus possible des deux hommes sans se faire voir. Caché sous les arbres, à la lisière de la forêt qui entourait la clairière, l'hommanimal entendit le cuisinier dire :

— Le seigneur de Berrion sortira bientôt de la ville. Il doit se rendre dans un désert quelconque. Le porteur de masques sera là, lui aussi, mais… il semble tout à fait inoffensif. Je n'ai pas très bien compris ce qui lui est arrivé. C'est comme s'il était en état de catalepsie. Le seigneur sera également accompagné de grands guerriers à la peau noire et d'une fillette. Méfiez-vous d'elle, ses pouvoirs sont grands. Elle a su me sonder en un clin d'œil. Elle lit dans l'âme des humains comme dans un livre ouvert.

— As-tu été suivi ? demanda Yaune le Purificateur entre ses dents.

— Non, bien sûr que non ! répondit le mouchard en regardant nerveusement autour de lui.

— Voilà tes trente pièces d'or, dit Yaune en lui lançant au visage un petit sac de cuir.

— Désolé, maître, mais nous avions convenu d'une récompense de cinquante pièces d'or ! répliqua le cuisinier, mécontent.

Sans crier gare, Yaune sortit brusquement son épée de son fourreau et trancha d'un seul coup la gorge de son espion. Le corps du cuisinier tomba lourdement sur le sol. Du bout de sa lame, le chevalier ramassa le petit sac d'or par la ganse.

— Voilà comment on fait des économies! murmura-t-il en rangeant son arme.

Jetant un regard attentif autour de lui, Yaune remit son casque et partit au galop vers la forêt. Il disparut bien vite, loin de Béorf qui était toujours sous le couvert des arbres. L'hommanimal se dit à lui-même:

«Je dois absolument retourner à Berrion pour avertir Junos!»

C'est en prenant mille précautions que le jeune ours regagna la route. Lorsqu'il fut à découvert, Béorf sursauta en apercevant devant lui Yaune le Purificateur. Le chevalier retira son casque et déclara, content de lui:

— Les ours ne sursautent pas ainsi, Béorf Bromanson! Tu es beaucoup trop gros et trop lourdaud pour bien te cacher dans la forêt. Tes parents ne t'ont donc rien appris? Ce n'est peut-être pas leur faute après tout... ils sont morts si jeunes!

Béorf reprit sa forme humaine, conservant toutefois ses longues griffes et ses puissantes dents d'ours. Avec de telles armes, il ne craignait personne.

— Oh! tu me fais peur! ironisa Yaune. Tu sais, depuis notre dernière rencontre à Bratel-la-Grande, je m'ennuie de ton ami Amos.

Maintenant parle-moi de lui et explique-moi en détail ce qui se passe à Berrion.

— Jamais! Vous ne saurez rien de moi! répondit fièrement le gros garçon en grognant.

— Très bien… très bien… Je serai donc obligé de te tuer! fit le chevalier en dégainant calmement son épée.

Sans réfléchir plus longtemps, Béorf sauta d'un puissant bond sur Yaune. Il lui mordit violemment le cou, juste sous l'oreille droite. Le chevalier fut désarçonné de sa monture et entraîna l'hommanimal avec lui dans sa chute. Une fois par terre, les deux combattants se remirent rapidement sur leurs pieds. Yaune dit alors en brandissant son immense épée à deux mains:

— J'avais oublié que les hommes-ours sont parfois très surprenants! Savais-tu qu'il a fallu douze de mes anciens chevaliers de la lumière pour seulement immobiliser ton père? Une sale brute! Ta mère aussi a été assez difficile à capturer mais, pour elle, nous avons utilisé la ruse. Je lui ai dit que nous t'avions déjà pris en otage et que, sans sa collaboration, j'allais te trancher la gorge! Elle nous a suivis sans résister et… nous l'avons brûlée vivante. Ta mère était une femme stupide et sentimentale, jeune homme!

Fou de rage, Béorf bondit de nouveau sur Yaune. Le chevalier, sur ses gardes cette fois, l'accueillit avec un puissant coup d'épée qui lui déchira le flanc gauche. Le gros garçon tomba par terre, saisi d'une terrible douleur.

— Pauvre Béorf! dit Yaune en ricanant. Quel dommage! Le dernier membre de la famille des Bromanson qui va bientôt s'éteindre…

Le Purificateur asséna alors un coup de pied directement sur la blessure de son adversaire. Avec son épée, il entailla ensuite profondément la cuisse de Béorf. Ignorant sa douleur, ce dernier se leva avec adresse et, d'un coup de patte, il déchira la cuirasse de métal du chevalier. L'homme fut projeté par terre mais se releva, lui aussi, aussitôt. En voyant Béorf qui saignait abondamment, Yaune s'exclama:

— Si je possédais une armée d'hommani-maux comme toi, je ferais la conquête du monde sans le moindre effort! Mais quelle force pour un enfant d'à peine douze ans! Regarde ce que tu as fait à mon armure! C'est impressionnant! Dommage que je doive te tuer!…

— VIENS! cria Béorf, enragé. Nous verrons bien qui de nous deux survivra à ce combat! Les sales rats de ton espèce ne m'ont jamais fait peur!

À peine sa phrase terminée, l'hommanimal reçut un coup de poing en plein visage qui lui fractura le nez, mais il réussit à éviter de justesse un nouveau coup d'épée de son agresseur. Malheureusement pour lui, le genou de Yaune, bien placé dans l'estomac, lui coupa instantanément le souffle. Chancelant, il tenta de mordre le bras du Purificateur, mais sans succès. Une avalanche de coups de pied et de poing s'abattit alors sur lui. Malgré la force et la puissance du chevalier, Béorf tenait bon et restait encore debout. C'est le visage ensanglanté, complètement ravagé par les attaques de Yaune, que le gros garçon trouva enfin un point d'appui. Le dos contre un arbre, il parvint à reprendre un peu ses esprits. Sa tête tournait et la douleur le paralysait lentement. Il entendit la voix du chevalier:

— Adieu, jeune imbécile!

L'épée de Yaune le Purificateur lui traversa le corps.

— Cette arme, ajouta Yaune, empoisonne mortellement tous ceux qu'elle touche. À présent, considère-toi comme condamné. Si tu ne meurs pas de tes blessures, tu mourras du poison que je viens de t'injecter!

Encore une fois, avec l'énergie du désespoir, Béorf bondit à la figure de Yaune. Cette dernière attaque du béorite porta fruit. Avec une de ses griffes, il creva un œil à son adversaire. Le chevalier hurla de douleur et, en replantant son épée dans le corps du garçon, il cria:

— MAIS VAS-TU MOURIR, SALE BÊTE? VAS-TU MOURIR UNE FOIS POUR TOUTES?

C'est en titubant que Yaune regagna son cheval. Son œil blessé saignait abondamment. L'homme déguerpit en laissant Béorf au sol, à demi mort. Par deux fois, l'épée empoisonnée du chevalier lui avait traversé le corps. Le jeune hommanimal ferma les yeux et, en souriant, se dit calmement :

« Je vais bientôt revoir mes parents… »

***

Le seigneur Junos avait envoyé ses hommes fouiller les moindres recoins de Berrion. Ils étaient revenus bredouilles. Béorf avait disparu et personne ne savait où il se trouvait. Les chevaliers avaient passé tout le château au peigne fin, sans oublier les salles secrètes et les greniers ; ils s'étaient même rendus au cimetière ; mais tout cela en vain ! Pas de traces, pas d'indice ni de message.

Lolya avait demandé, dans le tumulte, à ce qu'on prépare le plus rapidement possible le corps d'Amos. C'est dans une ambiance lourde et sans joie que Junos choisit vingt de ses meilleurs chevaliers pour le voyage. En comptant les vingt Dogons, c'est donc une délégation de quarante hommes qui ferait route vers la pyramide du désert de Mahikui. Junos, le cœur rempli d'inquiétude, se résolut à partir sans Béorf. Le seigneur quitta sa ville chérie dans l'espoir qu'Urban et Frilla Daragon retrouveraient vite le jeune hommanimal.

Le corps d'Amos avait été placé dans un chariot spécialement aménagé. Bien enveloppé dans plusieurs linceuls finement brodés, il reposait dans un hamac qui le protégerait des soubresauts du chariot sur la route. Une toile couvrait le chariot pour éviter que le soleil ne brûle la dépouille. Quatre magnifiques chevaux tiraient le corps du porteur de masques qui flottait, prisonnier de son lit de corde, au-dessus du matériel et des provisions nécessaires au voyage. Junos, à la tête du groupe, donna ses ordres, et le cortège se mit en route pour un long périple de deux mois.

C'est après une journée de route sans encombre que le seigneur de Berrion vit, juste aux abords de la clairière où il avait projeté de monter le premier camp, un corps étendu par terre. Lolya, pressentant le malheur, fit immédiatement signe à ses hommes de faire ce qu'il fallait. Ceux-ci ramenèrent rapidement les restes tuméfiés et meurtris de Béorf. Junos se jeta sur le gros garçon et constata aussitôt que son cœur battait encore.

— Vite ! cria-t-il. Il est toujours vivant ! Il faut le soigner ! Transportons-le tout de suite à Berrion ! Il lui reste peu de temps. Son cœur bat très faiblement !

Lolya s'avança, plaça la paume de sa main sur le front du garçon, puis déclara :

— Son âme s'accroche à la vie. Il ne veut pas partir. Béorf résiste de toutes ses forces, mais il ne supportera pas le voyage jusqu'à Berrion. Montez le camp, je m'occuperai de lui. Faites-moi confiance, Junos, je sais comment le ramener du royaume des ombres.

Junos ordonna aussitôt qu'on dresse une tente pour accueillir Béorf et Lolya. La jeune reine se mit rapidement à l'ouvrage et demanda qu'on lui apporte immédiatement une dizaine de sangsues. Elle avait remarqué que les plaies de Béorf étaient empoisonnées. Son sang coagulait difficilement. Cinq Dogons partirent à la course dans les bois pour répondre le plus vite possible à la requête de Lolya. Cette dernière demanda aussi qu'on lui trouve des chandelles noires, de l'urine de jument enceinte et une poule. Quelques chevaliers quittèrent sur-le-champ la clairière pour le village voisin. Lolya se pencha sur Béorf et lui chuchota à l'oreille :

— Je sais que tu peux m'entendre. Tu dois vivre, Béorf. Calme-toi et respire bien. Ton cœur bat bien et ton temps n'est pas encore venu.

La mort ne te réclame pas. Fais-moi confiance. Je te sortirai de là.

Lolya encouragea Béorf jusqu'au retour des Dogons et des chevaliers. Une fois en possession de tout ce dont elle avait besoin, elle commença par poser les sangsues sur le corps du blessé. Elle alluma ensuite les bougies et entreprit un étrange rituel. La poule à ses côtés, la fillette se mit à danser autour du corps en invoquant un «guède». Ces esprits avares et dangereux, disait-on, cherchaient constamment à extirper l'âme des vivants de leur enveloppe de chair. C'étaient eux qui provoquaient les accidents mortels, les rencontres dangereuses et les malheureux hasards de la vie. Ils tiraient leur force de l'énergie générée par la séparation de l'esprit et du corps. Devant Lolya, juste au-dessus de la dépouille de Béorf, le guède apparut. Une figure laide, blême et chétive prit forme dans un nuage translucide de couleur jaune clair.

— Que me veux-tu? chuinta l'esprit.

— Je t'ordonne de me rendre l'âme de ce garçon, dit-elle d'un ton ferme.

— Je n'ai pas d'ordre à recevoir de toi, sorcière! répondit le guède. Cette âme se bat magnifiquement bien, mais j'ai envie de gagner la bataille! J'y prends un énorme plaisir. J'en tire une sublime énergie vitale!

— Pour la dernière fois, guède, menaça la fille, cède-le-moi et tu pourras partir en paix.

— ON NE DONNE PAS D'ORDRE AUX GUÈDES! cria la figure translucide. Que peux-tu faire contre moi?

— Je connais les voies des peuples anciens, la magie des premiers rois de la Terre, lança fièrement la fillette, sûre d'elle.

— TU MENS!

— Eh bien… tu l'auras voulu, sale esprit.

Lolya s'approcha du guède, prononça quelques mots dans une langue archaïque, empoigna l'esprit et le propulsa d'un seul coup dans le corps de la poule. Prisonnier de l'oiseau, l'esprit commença à courir dans tous les sens. Sous le rire satisfait de la jeune reine, la poule quitta la tente, complètement paniquée.

— Ça t'apprendra à discuter mes ordres! cria la fille en riant maintenant aux éclats. Allez! cours vite! Nous mangeons du poulet ce soir, stupide guède! Nous te cuirons avec plaisir!

Se retournant vers Béorf, elle continua ses incantations:

— Maintenant, je ne crains plus rien pour ton esprit. Soignons tes plaies, et ta survie est assurée. Tant que je serai près de toi, jamais un autre guède n'osera mettre son nez dans mes affaires. Ils sont stupides et peureux! Bon, je t'explique, Béorf. Je sais que tu peux m'entendre et c'est important que tu comprennes avec toute ta tête les étapes de ta guérison. Tu es gravement empoisonné. Les sangsues sur ton corps vont naturellement aspirer le poison. Elles tomberont ensuite d'elles-mêmes. Dès que tu ouvriras un œil, je te ferai boire une de mes potions de guérison, fabriquée avec de l'urine de jument. Tu verras, c'est très mauvais, mais efficace. Tu guériras encore plus vite de peur que je t'en serve un autre verre !

À ce moment, Junos entra dans la tente et demanda :

— Comment va-t-il ?

— Il est sauvé, répondit Lolya.

— Tant mieux ! soupira le seigneur de Berrion. Nous venons de découvrir le corps d'un de mes cuisiniers. Le pauvre a été décapité. C'est curieux… c'est le même homme que tu as poursuivi avec un couteau, au château. Tu l'accusais de traîtrise. Lolya… dis-moi… sais-tu quelque chose que j'ignore ?

— Je sais beaucoup de choses que vous ignorez, répondit Lolya en souriant.

— Sais-tu qui a blessé Béorf et tué ce cuisinier ? demanda Junos, inquiet.

— Cherchez un serpent, dit Lolya. Un grand serpent en colère !

8
Le royaume d'Omain

Charon surgit sur le pont du bateau en criant :

— SOYEZ PRÊTS À VOUS SERRER LES COUDES, CHARMANTS VOYAGEURS, NOUS ARRIVONS DANS LE ROYAUME D'OMAIN !

Amos courut à tribord pour regarder par-dessus le bastingage. Son cœur battait à toute vitesse. C'est à Omain que le garçon avait vu le jour. C'est là qu'il avait grandi, qu'il avait appris à connaître la forêt et qu'il avait rencontré la sirène Crivannia. Un flot de souvenirs le submergea. Il revit son ancienne chaumière construite par son père, le maigre jardin de sa mère et ses longues promenades dans les bois. L'image de la rivière, du port de pêche et des magnifiques montagnes environnantes s'imposèrent à son esprit. Il huma l'odeur de la mer, toujours présente dans ce royaume.

La passerelle tomba et Amos aperçut une foule considérable sur le quai. Le cimetière était rempli d'âmes qui attendaient patiemment de prendre le bateau. Le jeune garçon se demanda quel funeste événement avait bien pu faire périr autant de gens des paisibles contrées d'Omain. Tous les habitants du royaume devaient être là! Ils étaient tous morts! Un grand malheur les avait sans doute tous frappés en même temps. Sur le quai, les revenants portaient de profondes entailles au torse, aux bras et aux jambes. La catastrophe n'avait sans doute pas laissé de survivants. Les femmes et les enfants étaient très nombreux à attendre le navire. Le spectacle était déchirant à voir. Jerik s'avança près d'Amos et lui dit:

— C'est une guerre, vous voyez, maître Daragon... là et là... les plaies sur eux. Ces gens sont... comment dire?... ont été... disons... tués à l'épée. Il est arrivé... comment dire?... quelqu'un ou... disons... voyons... une armée... quelque chose de pas très bien... en tout cas!

C'est le seigneur Édonf, seigneur et maître des terres d'Omain, qui monta le premier sur le bateau. L'homme n'avait pas changé d'un poil.

Il était toujours aussi gras et ressemblait encore à un gros crapaud de mer. Il avait trois imposants mentons de graisse, et ses yeux exorbités le rendaient ridiculement laid. Il reconnut tout de suite Amos:

— Bien content que tu sois mort, toi aussi! lança l'adipeux seigneur avec un mouvement théâtral. Il était temps que ce bateau arrive, cela faisait des jours que nous l'attendions. Nous avons sonné et sonné la cloche! Impossible aussi de sortir de ce maudit cimetière! En passant, jeune vaurien, ton âne ne m'a jamais donné d'or et toute la ville s'est bien moquée de moi. J'ai échafaudé nombre de plans pour me venger de toi… mais bon, aujourd'hui, tout cela n'a plus véritablement d'importance…

— Pourrais-je savoir ce qui est arrivé? demanda poliment Amos à son ancien seigneur.

— Un grand malheur s'est abattu sur mon royaume, répondit le seigneur. Personne ne comprend véritablement comment ni pourquoi nous en sommes arrivés là. En fait, le problème, ce fut la surprise! Rien à faire, en moins d'une heure, nous étions tous morts!

— Je ne comprends pas, dit Amos. C'est une catastrophe naturelle qui vous a surpris alors?

— Pire! répliqua gravement Édonf. Il s'agit d'un démon! Une vraie bête sortie tout droit des enfers! Il est arrivé au village par une nuit sombre et sans lune. Il était grand, balafré et portait une immense épée. Sans crier gare, il a massacré toute la population!

Maison par maison, il a assassiné tout le monde! Des vieillards les plus faibles aux enfants sans défense, personne n'a trouvé grâce à ses yeux. Il est ensuite monté au château, ma petite place forte. En deux temps trois mouvements, il avait mis en déroute ma garde personnelle. Aucun de mes soldats n'a réussi à tenir plus de trois secondes devant lui. Un vrai démon, je te dis! Il avait d'ailleurs le mot «meurtrier» tatoué sur le front. Seul un démon peut avoir une telle force, une telle audace et cette marque sur la figure.

Dans l'esprit du garçon, les pièces du casse-tête se mettaient en place. D'après la description d'Édonf, Amos sut immédiatement qu'il s'agissait de Yaune le Purificateur, ancien seigneur des chevaliers de la lumière de Bratel-la-Grande.

— Que s'est-il passé après? demanda-t-il, curieux de connaître la suite.

— Ce démon m'a tiré du lit, continua Édonf, et il m'a dit qu'il allait prendre possession de mon royaume pour quelques années. Son épée m'a traversé le corps, et mon âme s'est instantanément retrouvée dans ce cimetière. Enfin, c'est ce qui est arrivé à tout le monde, sauf à lui, là-bas. Regarde, il monte sur le bateau. Personne ne le connaît. Il est apparu ici il y a quelques jours. Il ne dit jamais un mot et il se tient tranquille dans son coin. D'après ce que j'ai pu voir, il a eu la gorge tranchée.

Amos s'approcha de l'homme en question et reconnut aussitôt le cuisinier de Berrion, celui-là même que Lolya avait poursuivi avec un couteau.

— Que t'est-il arrivé? lui lança Amos.

— Vous êtes ici? Vous êtes donc vraiment mort? La fille noire vous a donc réellement tué? s'étonna le cuisinier.

Ne voulant pas expliquer son aventure ainsi que les raisons de sa présence sur le navire, Amos répondit par l'affirmative. Le cuisinier se livra à lui:

— Maintenant que je suis mort… je peux bien tout vous dire. En fait, je travaillais aussi comme espion, depuis quelques semaines, pour un grand chevalier qui arborait des armoiries représentant des têtes de serpents. Il ne m'a jamais dit son nom, mais j'avais pour lui une grande admiration. Maintenant, j'ai une tout autre opinion de lui mais, de mon vivant, il m'avait promis cinquante pièces d'or pour lui fournir des informations. Une vieille offense dont il devait se venger, disait-il. Il voulait savoir tout ce qui se passait à Berrion. Un soir, j'ai appris qu'on vous avait exhumé pour vous amener dans un désert lointain…

— Attends, l'interrompit Amos. Tu dis qu'on m'a déterré ? On a sorti mon corps du cimetière ?

— Oui, c'est la fille noire. Elle était possédée par une sorte d'esprit… Il s'appelait le baron… le baron quelque chose, je ne sais plus. Sa voix est devenue très grave et elle a menacé tout le monde en exigeant que votre corps soit amené, dans les plus brefs délais, dans le désert de… de… non, je ne me rappelle pas non plus…

— A-t-elle dit pourquoi il fallait qu'on transporte mon corps ? demanda Amos, de plus en plus intéressé.

— Elle disait qu'en réalité vous n'étiez pas mort ! C'est difficile à comprendre. Désolé, je n'en sais pas davantage, sinon que le masque qu'elle vous a donné était en fait un cadeau de ce baron. C'était pour vous amadouer, gagner facilement votre confiance ou quelque chose du genre.

Uriel, qui se trouvait tout près d'Amos, écoutait attentivement la conversation. Il choisit ce moment pour raconter son histoire. Seth lui avait donné une mission très précise à accomplir. L'érudit déclara en s'éclaircissant d'abord la voix :

— C'est dans le désert de Mahikui qu'ils vont amener votre corps.

— Mais pourquoi? demanda Amos, et comment sais-tu cela, Uriel?

— Pour répondre à votre deuxième question, je le sais parce que j'ai étudié beaucoup

de légendes et de vieilles histoires afin de comprendre les mentalités des différents peuples. Maintenant, pourquoi amener votre corps dans le désert de Mahikui? C'est fort simple! Je peux vous dire que nous voguons actuellement vers Braha, la cité des morts. En fait, cette ville a longtemps existé dans le monde réel. Une ville magnifique! Un joyau incomparable! Elle fut complètement enfouie par les sables du désert de Mahikui lors d'une violente tempête. Les dieux choisirent ensuite cet endroit pour y recevoir les âmes des morts afin de les juger. Ils y construisirent deux portes: une menant vers les mondes astraux des dieux positifs et l'autre ouvrant directement sur les plans négatifs des dieux du mal et du chaos. Une petite partie de cette cité existe en même temps dans le monde des morts et dans celui des vivants. C'est, apparemment, le seul endroit de ce genre. Il est dit que, dans la grande pyramide du centre de la ville, il existe une salle de cérémonie. Cette pièce fait la jonction entre les deux univers. Elle est tout en haut du bâtiment triangulaire et c'est par là qu'il est possible de passer d'un monde à l'autre. Pour les êtres vivants qui marchent dans le désert, il est possible de voir le bout de cette pyramide dépasser des sables et d'y entrer par une porte secrète. Par contre, pour les morts qui arrivent à Braha, le bout de cette pyramide est invisible parce qu'elle est constamment perdue dans les nuages. Pas mal, n'est-ce pas?

— Je vois, fit Amos d'un air songeur. Si je te comprends bien, Uriel, c'est par la salle de cérémonie du haut de la pyramide que les morts peuvent accéder au monde des vivants et vice-versa?

— Voilà! s'exclama l'érudit.

— Mais comment? demanda le garçon. Par quelle magie cette chose est-elle possible?

— Je ne sais pas... J'ai bien cherché mais je n'ai jamais trouvé! répondit Uriel, un peu confus. Ce savoir s'est perdu dans la nuit des temps. C'est ce qu'on appelle un mystère de la voie des dieux, une puissante magie inaccessible aux hommes.

Jerik s'avança vers eux. Agacé par leur discussion, il tenta de replacer machinalement sa tête sur ses épaules, mais celle-ci bascula vers l'arrière et faillit tomber par-dessus bord. En rattrapant sa tête, il s'écria:

— Voilà ce que je tentais de vous expliquer! Depuis... disons... le moment où, moi et vous, nous avons parlé, vous vous souvenez, maître Daragon? La première fois, je voulais vous dire… disons… tout cela?

— Je ne comprends toujours pas ton histoire de clé par contre, répliqua Amos en souriant.

— Je vous explique, dit Uriel. C'est aussi une vieille légende de la cité des morts.

— Enfin, disons, bon… faites en sorte, s'il vous plaît, que le garçon… voyez… comprenne! insista Jerik, content de la performance d'Uriel.

— D'après l'histoire que je connais et les bribes de vos conservations que j'ai pu entendre, commença Uriel, je pense pouvoir vous éclairer sur votre mission à Braha. Je vous ai parlé des deux portes tout à l'heure…

— Effectivement, je m'en souviens très bien, confirma Amos.

— Eh bien, ces portes sont maintenant fermées et les trois magistrats sont aux prises avec un gros problème. La ville déborde d'âmes qui arrivent tous les jours par bateau et il n'y a donc plus de sortie pour les évacuer! C'est bien cela, Jerik?

— Voilà, simple à dire de cette façon… disons… très simple… parfait… exactement… en plein dans le mille! répondit le secrétaire du juge Mertellus.

— Je continue, fit Uriel. Vous devez leur venir en aide pour ouvrir ces fameuses portes. Elles ont probablement été fermées, pour une raison inconnue, par les dieux. Mais il existe une clé. La légende dit que c'est le premier des magistrats de Braha qui la fit fabriquer par un elfe, à l'insu des dieux. Tout comme cela a été le cas pour vous, jeune maître Daragon, on avait retiré l'âme de l'elfe de son corps en lui promettant que cette mort serait temporaire. Une fois sa tâche terminée, l'artisan serrurier se vit refuser l'accès au monde des vivants. On l'avait trompé ! Fâché de s'être ainsi fait berner et de ne pouvoir revenir à la vie, l'elfe cacha la clé dans les profondeurs de la cité. Il ensorcela l'objet afin que seul un être vivant puisse la récupérer. De cette façon, dans une ville de fantômes, il deviendrait impossible de s'emparer de cette clé. Il plaça ensuite deux dangereux gardiens pour protéger la clé et disparut en ne racontant son histoire à personne. C'est ce que dit la légende mais… cet elfe s'est sûrement confié à quelqu'un, puisque je connais cette légende. S'il s'était réellement tu, jamais je n'aurais entendu parler de son histoire !

— Mais voilà… ouf… ça fait du bien… une belle explication ! explosa Jerik, impressionné par la facilité avec laquelle Uriel mentait.

— Mais, dit Amos, songeur, rien n'est moins certain que cette histoire, puisqu'une légende demeure une légende.

— C'est vrai… mais ces récits constituent toujours des pistes qu'il ne faut pas négliger, répondit Uriel.

Amos se retira pour réfléchir. Uriel regarda Jerik et murmura :

— Je mens aussi bien que j'assassine !

— Nous… je pense… nous le manipulons très bien… Avec ce que vous venez de raconter… il fera exactement ce que nous… enfin… ce que Seth attend de lui…

— Je l'aime bien, ce garçon, dommage que je doive l'éliminer ! pensa Uriel à haute voix.

Plus loin, Amos réfléchissait en regardant le paysage défiler. Si Lolya faisait transporter son corps jusqu'à la pyramide, c'est qu'elle avait sûrement une bonne raison de prendre autant de risques.

« Selon la légende de l'elfe serrurier, songea-t-il, la clé ne peut être prise que par un être vivant, mais… il n'y a qu'une façon d'entrer dans la ville de Braha, et c'est d'être un fantôme. Au moment opportun, je devrai sans nul doute réintégrer mon corps pour pouvoir m'emparer de la clé. Voilà pourquoi Lolya fait amener mon corps à la pyramide ! Je suis ici en tant que

spectre pour trouver la cachette de cette clé.
C'est ce qu'on attend de moi... Seulement, tout
ce scénario cache encore quelque chose que
j'ignore. Les dieux n'ont pas fermé les portes
des cieux et des enfers pour rien... J'aimerais
bien savoir qui est vraiment derrière tout ça!»

Le navire de Charon, maintenant plein à
craquer, quitta enfin le quai du cimetière
d'Omain. À bord, il y avait tous les habitants
de l'île des damnés et tous ceux des contrées
du défunt seigneur Édonf, en plus des âmes
embarquées çà et là, dans les différents cimetières qui longeaient la rivière. De la cale au
pont supérieur du navire, on trouvait des
revenants partout! Charon annonça sur le
pont:

— NOUS NE PRENDRONS PLUS PER-
SONNE À BORD, PLUS D'ESCALES! ESSAYEZ
DE VOUS FAIRE UN PEU DE PLACE, NOUS
N'ARRIVERONS À BRAHA QUE DANS
TROIS SEMAINES!

— Trois semaines! soupira Amos. J'essaierai
de me louer une cabine la prochaine fois.

9
Les plans de Seth

Alors, Seth, où est donc cette armée que tu m'avais promise? demanda crûment Yaune le Purificateur.

Seth, le dieu de la Jalousie et de la Traîtrise, sourit vicieusement. Il balança lentement sa grosse tête de serpent de haut en bas, en signe d'assentiment. Il était effrayant à voir. Siégeant sur un trône en or dans un temple entièrement construit avec des ossements humains, Seth avait la peau rouge clair, et ses mains ressemblaient à de puissantes serres d'aigle. Il prit la parole:

— Petit chevalier de mon cœur, n'as-tu donc aucune confiance en moi?

— Tu sais sonder les âmes, grand dieu! répliqua Yaune avec mépris. Je n'ai aucune confiance, aucun respect et pas un gramme d'affection pour toi, sale reptile venimeux!

Seth éclata d'un rire disgracieux et grave.

— La haine, fit-il, est une émotion si forte! Tu m'apprends beaucoup sur l'humanité, minable chevalier… Tu me sers bien et tu seras récompensé à ta juste valeur !

— Avec toi, Seth, je sers mes intérêts avant tout. Donne-moi ce que tu m'as promis !

— Et il ordonne, le petit ! lança Seth en riant de plus belle. Mais avant tout, raconte-moi ce qui est arrivé à ton œil ! Il est crevé ! Un moustique t'a mordu ?

— Tu sais très bien ce qui est arrivé ! rétorqua Yaune avec rage. C'est l'homma-nimal, le jeune Bromanson. J'ai mal évalué une dernière poussée d'énergie avant sa mort. Ce sont des choses qui arrivent lorsqu'on est un simple mortel, n'est-ce pas ? Mais, bien sûr, tu ne sais pas de quoi je parle… Les dieux sont infaillibles, eux ! Surtout lorsqu'il s'agit d'écraser un jeune porteur de masques de… douze ans !

— Ne me pousse pas à bout, Yaune ! dit le dieu en prononçant lentement chacun de ses mots. Ma patience a des limites ! Si j'ai manqué mon coup à Bratel-la-Grande, c'est à cause de ce stupide sorcier de Karmakas. Amos Daragon a eu de la chance, c'est tout et…

— PEU M'IMPORTE ! l'interrompit le chevalier. Par sa faute, j'ai perdu mon royaume et mes terres. J'ai également perdu mon armée, les chevaliers de la lumière qui maintenant reçoivent leurs ordres de Barthélémy. J'EN AI

ASSEZ! Après mon expulsion de Bratel-la-Grande avec ce tatouage infect sur le front, après des semaines d'errance et de misère, je t'ai rencontré et tu m'as…

— TAIS-TOI MAINTENANT, SALE BRAILLARD! cria Seth à pleins poumons.

Le souffle du dieu fut si fort qu'il propulsa Yaune sur le mur, au fond du temple. Le chevalier, sonné par le choc, tomba lourdement par terre. Avec peine, il releva la tête. Son regard croisa celui de Seth, qui s'était levé de son siège. Le dieu, contrarié, poursuivit:

— Je t'ai demandé, lors de notre première rencontre, de conquérir les terres d'Omain.

Je t'ai offert une épée à la lame empoisonnée et… je dois reconnaître que tu as très bien travaillé. Seul, tu as réussi à éliminer toutes traces de vie humaine dans cette région. Tu as rasé ce royaume de façon vicieuse et immorale. Tu as égorgé des enfants, tué sauvagement des grands-mères et même bu le sang encore chaud du seigneur Édonf! Tu es une bête folle assoiffée de vengeance et je me prépare à récompenser ta dévotion envers moi. Je tiens toujours mes promesses avec ceux et celles qui me servent avec ardeur. Je n'aime pas les prières, je préfère le sang, la souffrance et la mort. C'est aujourd'hui, Yaune le Purificateur, que tu reçois ta première promotion!

Le dieu regagna son trône et s'assit confortablement. Après un moment de silence, Seth fit signe au chevalier de s'approcher.

— Tu auras bientôt une armée… une armée grandiose ! C'est Amos Daragon qui, sans le savoir, travaille actuellement pour t'offrir cette armée sur un plateau d'argent. Tu sembles sceptique… Écoute bien et constate que Seth, dieu de la Jalousie et de la Traîtrise, est également un stratège accompli.

Yaune s'avança et répondit, respectueusement cette fois :

— Mais, je n'ai jamais douté de toi, ni de ton intelligence, ô grand Seth !

— Tu mens comme tu respires, Yaune ! Et c'est ce que j'aime le plus en toi !

— Parle, je t'écoute attentivement.

— Il y a de cela quelque temps, commença Seth, j'ai enlevé, avec l'aide de quelques divins amis, le dieu suprême de la Justice, Forsete. Sa disparition a eu de fâcheuses conséquences, dont la fermeture définitive des portes de Braha. Je t'ai déjà parlé de la cité des morts, tu t'en souviens ?

— Oui, répondit Yaune. La grande cité du jugement dernier, enfouie dans le désert de Mahikui et uniquement accessible par le Styx… je me rappelle… Continue !

— Dans cette ville, trois juges font la pluie et le beau temps. Ce sont eux qui décident du sort des spectres en attente de leur jugement. Ils sont impartiaux et ne répondent, normalement, qu'à Forsete en personne. Seulement, il arrive parfois que la pourriture du monde des vivants contamine le monde des morts. C'est ainsi que les pommes pourrissent et qu'il est possible de corrompre un juge. Ganhaus travaille pour moi depuis que je lui ai promis de libérer l'âme de son grand frère qui est un assassin notoire prisonnier des profondeurs de l'enfer. Il s'appelle Uriel.

— En quoi cela va-t-il me donner une armée digne de moi ? demanda fiévreusement Yaune.

— TAIS-TOI ET ÉCOUTE, IMBÉCILE ! J'Y ARRIVE ! fulmina Seth, très agacé. Savoure mes paroles et délecte-toi de ma perfidie ! Nous avons monté ensemble un scénario parfait… une pure merveille de malice. Une fois que le dieu Forsete a été emprisonné par mes bons soins, les portes de l'enfer et du paradis se sont fermées. Les trois juges, affolés, ont tenté de trouver une solution pour éviter la surpopulation de la cité. C'est là que Ganhaus, d'une fort habile façon, a mis sur le tapis une histoire abracadabrante de gitans qui confirmerait l'existence d'une clé. Fabriqué par un elfe serrurier et gardé dans les profondeurs de la cité, cet objet serait l'unique moyen d'ouvrir les portes. Mais qui pourrait donc s'emparer de la clé, sinon un humain assez valeureux pour accomplir aveuglément cette mission?

— AMOS DARAGON! lança Yaune en riant.

— Voilà! C'est bien lui qu'il nous fallait. Jerik Svenkhamr, un idiot de minable petit voleur qui est le secrétaire de Mertellus et qui travaille aussi pour moi, a alors parlé du jeune porteur de masques. Tout le monde n'y a vu que du feu! Mertellus est tout de suite entré en contact avec le baron Samedi, un petit dieu inférieur qui travaille dans l'administration des morts et la gestion des âmes, pour faire venir Amos à Braha. Ensuite, tel que promis, j'ai libéré Uriel des enfers et je l'ai fait monter sur le navire de Charon, juste après Amos. Je lui ai composé un personnage de savant respectable, d'homme de lettres. Tout le contraire de sa véritable personnalité! Il a pour mission de raconter à Amos la fausse histoire de l'elfe et de l'éliminer le moment venu.

— Mais attends…, intervint le chevalier.

— Oui, j'y arrive…, reprit Seth. La clé de Braha existe véritablement. Seulement, elle sert à ouvrir non pas les portes des mondes positifs et négatifs, mais le passage qui se trouve tout en haut de la grande pyramide. Elle sert à ouvrir une voie éthérée entre Braha et le monde des vivants. Crois-moi, mon fidèle serviteur, tu seras bientôt à la tête d'une immense armée de morts vivants et de revenants. Actuellement, dans la ville des morts, mes envoyés recrutent pour toi les meilleurs soldats. À la tête d'une telle force, tu seras invincible! Tu auras ta vengeance sur Junos, Barthélémy et tous ceux que tu détestes tant. Ensuite, nous irons conquérir ensemble la Terre et nous ferons basculer l'équilibre du monde des vivants.

Yaune éclata d'un rire satisfait.

— Enfin, je sens l'heure de ma vengeance arriver. En plus, c'est ce jeune porteur de masques qui me fournira, à son insu, l'instrument de ma riposte! Je n'arrive pas à le croire... Tu es un génie, Seth! Une question par contre... Comment Amos arrivera-t-il à trouver cette clé?

— Moi et quelques-uns de mes amis torturons en ce moment Forsete afin qu'il nous révèle sa cachette, confia Seth, sûr de lui. Dès que je connaîtrai l'endroit, je le ferai savoir à Jerik qui orientera Amos dans sa quête. Comme dans l'histoire inventée de l'elfe serrurier, nous savons que deux gardiens surveillent la clé et que seul un être vivant peut s'en emparer. Deux petits problèmes que le porteur de masques saura certainement résoudre pour nous! Il est si habile et si...

brillant! Dans tout ce scénario, une seule chose me tracasse toutefois…

— Quoi donc? s'inquiéta Yaune.

— C'est Lolya, répondit le dieu, songeur. Je sais qu'elle est l'envoyée du baron Samedi et qu'elle travaille malgré elle à notre réussite, mais elle cache quelque chose. Une force terrible grandit en elle de jour en jour. J'ai beau essayer de percer ce mystère, je n'arrive pas à voir ce que c'est. Je ne lui fais pas confiance. Engage une armée mercenaire et tue Lolya. Ne la sous-estime pas, car mon incapacité à la sonder relève de la magie divine. Ensuite, tu conduiras toi-même le corps d'Amos Daragon à la pyramide du désert de Mahikui.

— Tes désirs sont des ordres…, fit Yaune en inclinant la tête.

— Approche-toi, ordonna Seth.

Aussitôt, Yaune le Purificateur fit quelques pas vers Seth. D'une main, le dieu le saisit violemment à la gorge et le souleva de terre. En riant à gorge déployée, le dieu serpent s'arracha un œil et le plaça dans l'orbite béant du chevalier. La fusion entre le globe oculaire du dieu et le métabolisme de l'homme provoqua une vive douleur chez le chevalier. Il eut l'impression qu'on le brûlait au fer rouge. Seth desserra son étreinte et Yaune s'écroula sur le sol, en proie à de violents spasmes. Il tremblait de tout son corps et hurlait sa souffrance. L'œil du dieu faisait maintenant partie de lui.

—Voici mon cadeau! Un œil pour remplacer celui que tu as perdu, déclara fièrement Seth. Cet œil de reptile te va très bien! Tu verras dans l'obscurité et, désormais, plus aucun mouvement de tes adversaires ne t'échappera. Par ce globe oculaire, il me sera aussi possible de voir ce que tu vois et de suivre tes mouvements. Autrement dit, de t'accompagner partout où tu iras! J'ai trop fait confiance au sorcier Karmakas à Bratel-la-Grande et il est hors de question que je répète la même erreur avec toi. Pars maintenant!

Le temple des ossements se dissipa peu à peu et, bientôt, disparut complètement dans une épaisse fumée glauque. Yaune demeura au sol, dans l'herbe de la forêt. Son nouvel œil le faisait terriblement souffrir. De peine et de misère, le chevalier se rendit à sa demeure, l'ancienne place forte du seigneur Édonf. À son arrivée, ses yeux croisèrent le reflet d'un miroir. Quel choc! L'œil que lui avait donné Seth avait la rétine jaune foncé et la pupille allongée comme celle d'un chat. Il était parfaitement rond et une fois et demi plus gros qu'un œil normal. La figure du chevalier en était déformée. Un filet de sang coulait toujours sur sa joue. Yaune, incapable d'accepter son nouveau visage, brisa violemment le miroir et hurla :

— LE MOMENT VENU, JE ME VENGERAI DE TOI, SETH !

10
Braha, la cité des morts

C'est Jerik qui aperçut le premier la grande ville de Braha. Elle apparut dans les brumes d'un sombre matin de grisaille. Le secrétaire s'empressa d'aller réveiller Amos et Uriel.

— Venez… venez vite…, cria-t-il. Vous verrez quelque chose de très beau… disons… plutôt de… magnifique… non!… grandiose!

Les deux voyageurs ouvrirent les yeux avec peine. Puis, en enjambant les fantômes qui dormaient sur le pont, ils suivirent Jerik jusqu'à l'avant du bateau. L'un des deux squelettes de l'équipage de Charon était installé sur la figure de proue cassée et attendait lui aussi de voir le spectacle. Il fumait tranquillement la pipe. Étant donné qu'il n'avait pas de poumons, la fumée qu'il inhalait se dissipait à l'air libre entre ses côtes. Le brouillard autour du bateau disparut peu à peu. Le plafond nuageux demeurait cependant très bas.

Au loin, Amos aperçut alors la ville de Braha. Il fut ébloui par la splendeur de la cité.

À mesure que le navire avançait, la ville se colorait d'une douce rougeur. Malgré l'heure matinale, le jeune porteur de masques avait l'impression d'assister à un coucher de soleil. Au cœur de la ville, on pouvait voir des rayons de lumière oranges et jaunes qui allaient frapper avec force l'épaisse couche de nuages en les colorant de mille feux. Dans le ciel, pas de soleil, ni de lune ni même d'étoiles! La lumière émanait de la cité.

En approchant un peu plus, Amos aperçut des dizaines de magnifiques anges translucides qui volaient au-dessus des toits aux tuiles argentées. Les êtres ailés jouaient de la trompette pour accueillir les nouveaux arrivants. Le porteur de masques n'en croyait pas ses yeux. Le souffle coupé par tant de beauté, il vit aussi des dizaines de démons postés sur les deux côtés de la rivière, telle une gigantesque haie d'honneur! Les incubes tapaient sur de larges tambours. Des instruments de musique jaillissaient de la fumée et des flammes. Au ciel, la musique des anges avait pris forme et dessinait des courbes bleues, parsemées de taches de lumière dorée. Le spectacle était d'une impressionnante beauté.

Braha était immense. Elle défiait l'imagination par sa taille et sa splendeur. Construite sur deux flancs de montagnes abruptes, elle s'ouvrait vers le ciel en créant un large « V ». Le Styx coulait à sa base, directement en son centre. Il y avait là des centaines de milliers d'habitations s'élevant sur plusieurs étages, des châteaux grandioses, et on y apercevait également de somptueux temples. Tous les cultes, toutes les croyances et toutes les figures divines de toutes les nations y étaient rassemblés. Les temples, tous plus beaux les uns que les autres, avaient été construits avec soin à l'aide des matériaux les plus nobles. De l'or et de l'argent, des diamants et du cristal, des marbres rares et des pierres précieuses décoraient tous les édifices. De fines ornementations, taillées par des mains de maître dans des bois exotiques, servaient à mettre en valeur les parures et les garnitures des immenses clochers et des tours.

Amos, bouche bée, regardait silencieusement le spectacle défiler sous ses yeux. Tous les passagers du bateau, maintenant réveillés, restaient eux aussi muets d'admiration devant Braha. Toutes les statues, qu'elles soient des gargouilles d'ornementation ou des héros de guerre immortalisés dans la pierre, se promenaient librement. Elles se saluaient poliment, s'arrêtant parfois pour discuter un moment. Les rues pullulaient de spectres lumineux qui, dans un incessant va-et-vient, vaquaient à leurs occupations. Une multitude de marchés à ciel ouvert accueillaient les fantômes pour leurs emplettes. On y offrait de magnifiques tomates pourries et des salades flétries depuis longtemps. Des nuages de mouches noires survolaient les pièces de viande en putréfaction.

Des centaines de feux, destinés à faire des offrandes aux dieux, brûlaient çà et là en illuminant la ville. Aux fenêtres de toutes les maisons, des dizaines de bougies étaient allumées et donnaient à Braha une atmosphère féerique. Des squelettes, armés d'épées et de boucliers, étaient postés à presque tous les coins de rues. Lorsque Amos lui demanda à quoi servaient ces squelettes armés, Jerik répondit qu'ils assuraient la sécurité dans la ville.

Les spectres les plus fortunés se promenaient dans des charrettes tirées par des squelettes de chevaux. D'autres fantômes à l'allure patibulaire mendiaient dans les rues. En levant les yeux, Amos vit passer, au-dessus de lui, près d'une vingtaine de chevaux ailés montés par de robustes femmes en armure. Celles-ci traversèrent le ciel à une vitesse extraordinaire en poussant des cris de guerre et en hurlant des chansons dans une langue incompréhensible. On aurait pu croire à de bruyants coups de tonnerre.

— Selon mes lectures, expliqua Uriel, ces femmes sont des walkyries. Les hommes du Nord, ceux qu'on appelle les Vikings, ne prennent jamais le bateau de Charon pour venir jusqu'ici. Ce sont les valkyries qui s'occupent du transport des valeureux guerriers morts au combat.

— C'EST UN TRAITEMENT DE FAVEUR QUE LE DIEU ODIN LEUR ACCORDE! hurla Charon qui, ayant laissé la barre à son second squelette, s'était approché de la proue du bateau. ET MOI, À CAUSE DE CELA, JE PERDS BEAUCOUP, MAIS ALORS BEAUCOUP D'ARGENT! CES FOLLES FONT TOUJOURS LA COURSE ET ELLES EMBÊTENT TOUT LE MONDE!

En s'approchant du port, le navire passa sous de magnifiques ponts enjambant le Styx. Les mâts du bateau de Charon heurtèrent les structures de pierre des arcades. Celles-ci se dématérialisèrent légèrement afin de laisser passer sans encombre le navire.

Sur les rives du Styx, Amos put apercevoir des dizaines de terrasses, de superbes restaurants et des amuseurs publics. Des hommes et des femmes de toutes les races, humaines comme elfiques, des minotaures et des gorgones, des démons et des anges, des centaures et des farfadets déambulaient, sous leur forme vaporeuse de fantôme. Les couleurs des spectres allaient du blanc neige au noir charbon. Des habits de cuir, des soies précieuses et des bijoux en or côtoyaient des armures sales et rouillées. Des humains balafrés se mêlaient à une foule de créatures répugnantes, d'une laideur indescriptible.

En levant les yeux vers les plus hauts sommets de la ville, Amos aperçut très claire-ment la base de la grande pyramide dont il était question dans les légendes que lui avait racontées Uriel. Elle semblait gigantesque et disparaissait dans les nuages. Une seule de ses pierres avait la taille d'une baleine.

Charon vint s'appuyer au bastingage à côté d'Amos et lui chuchota dans le creux de l'oreille :

— Bienvenue à Braha, jeune porteur de masques. Ici, les gens vivent exactement comme avant leur mort. Toutes les créatures qui ont un dieu, aussi petit soit-il, et une conscience, aussi petite soit-elle, se retrouvent à Braha en attendant le jugement dernier. Les gens, qui, comme moi, ont été avares, le sont toujours ici. Les guides spirituels comme les guérisseurs, les assassins et les magiciens des ténèbres, ils sont tous ici ! Ils sont aussi bons ou méchants qu'ils l'ont été tout au long de leur vie. Dans cette ville, on ne change pas, on ne s'améliore pas, on patiente, c'est tout! Tous attendent de se retrouver devant le juge Mertellus et ses acolytes pour enfin connaître leur sort. Fais bien attention! Il y a, dans cette ville, le pire comme le meilleur. Personne ne peut te tuer mais beaucoup peuvent te faire souffrir. C'est un endroit où tout est amplifié, où tout est plus grand que nature. Voilà pour les recommandations… Merci encore d'avoir libéré ces gens sur l'île des damnés. Je te dois une fière chandelle. Je me souviendrai de toi et, un jour, je te rendrai la pareille si je le peux!

Puis, en se retournant vers la foule des spectres entassés sur le bateau, Charon hurla:

— PRÉPAREZ-VOUS À DESCENDRE, BANDE DE TRAÎNE-SAVATES ET DE VAURIENS! NOUS ALLONS ACCOSTER! J'ESPÈRE QUE VOUS AVEZ APPRÉCIÉ LE VOYAGE. MOI, JE L'AI DÉTESTÉ! ALLONS! ALLONS! UN PEU DE NERF!

Le bateau accosta et tous les passagers se précipitèrent vers la passerelle. Mertellus attendait avec Ganhaus et Korrillion sur le quai. Lorsqu'ils virent Jerik leur envoyer la main, sourire aux lèvres et la tête sous le bras, les juges se détendirent.

— Je pense qu'il a réussi à nous amener le porteur de masques, dit Ganhaus à Mertellus.

— Je ne le croirai que lorsque cette personne sera devant moi, lui répondit nerveusement le premier magistrat.

— Regardez! Là, ils descendent! Ils descendent! répéta plusieurs fois Korrillion. Ce doit être lui, là, cet homme à la barbe finement taillée.

Les trois magistrats accoururent vers Uriel pour lui souhaiter chaleureusement la bienvenue. Manifestement, ils avaient commis une grossière erreur sur la personne. Aucun d'eux ne pouvait se douter que le véritable porteur de masques était, en réalité, un enfant de douze ans. Les juges n'en finissaient plus de remercier et de complimenter Uriel. Évidemment, Ganhaus avait très bien reconnu son frère. Mais, à contrecœur, il jouait le jeu. L'érudit, entre deux poignées de main et deux accolades, tenta de placer un mot, mais sans succès.

Alors qu'il se demandait comment interrompre les trois hommes fébriles et bavards, Amos eut une idée. La situation ne pouvait pas mieux se présenter pour lui. Il fit un clin d'œil complice à Uriel! L'érudit comprit vite son nouveau rôle. Amos voulait qu'il continue le jeu et se fasse passer pour lui. Jerik voulut intervenir pour rétablir la vérité, mais Amos lui écrasa un orteil au moment opportun.

— Tais-toi! C'est mieux ainsi, dit le jeune garçon au secrétaire. Cela me donne une marge de manœuvre inespérée.

Amos s'avança alors et toussa trois bons coups pour attirer l'attention des magistrats. Les juges se retournèrent en dévisageant le garçon de douze ans. Hésitant, Uriel dit :

— Oui… euh… je vous présente… euh… mon rat de bibliothèque… euh… je veux dire : mon assistant de recherche… Il s'agit de… de…

— De Darwiche Chaussette, continua spontanément Amos.

Les juges ne parurent pas surpris d'un tel nom. Ils en avaient vu d'autres, des plus étranges et des plus drôles. Ils sourirent gentiment et, sans s'occuper davantage d'Amos, se retournèrent tous vers Uriel.

— Il est de la célèbre famille des Chaussette du… du… Pied de la Montagne fumante! Enfin! Revenons à nos oignons! dit le faux Amos Daragon.

— Oui, suivez-nous, nous vous conduirons à vos appartements dans le palais, reprit Mertellus, ravi de cette rencontre.

— Vous devez être fatigué de votre voyage? demanda Korrillion. Vous verrez que les fantômes n'ont généralement pas besoin de dormir. C'est un vieux réflexe que nous conservons très longtemps après notre mort. On s'en passe très bien, mais, pour l'instant, nous ne vous empêcherons pas de faire une sieste. Nous vous voulons en forme dans les plus brefs délais !

Uriel, les trois juges, Amos et Jerik prirent une calèche conduite par un squelette. Tiré par quatre chevaux faits uniquement d'ossements, le véhicule disparut rapidement dans la foule grouillante des spectres. Le garçon, assis sur le toit de la calèche avec Jerik, demanda :

— Mertellus ne t'a même pas salué ! Est-ce normal ?

— Tu vois… moi… disons… tu sais…, dit le secrétaire en tenant fermement sa tête entre ses mains, disons que… comment dire ?… je ne suis pas grand-chose, moi… j'obéis aux ordres et… disons… voilà ! c'est tout !

— Dommage, répondit Amos. Ils connaissent mal ta valeur.

— Merci… disons… merci beaucoup ! répliqua Jerik, fortement ému.

Le palais était aussi quelque chose à voir. De forme octogonale, il était surmonté d'un dôme immense. Un grand escalier sortait du toit et montait directement au ciel en perçant les nuages. Le bâtiment était orné de milliers de gargouilles de pierre. Celles-ci volaient librement, grimpaient aux murs, jouaient aux dés ou bavardaient entre elles. Dès que Mertellus sortit de la calèche, toutes les gargouilles s'immobilisèrent. Celles qui étaient en vol tombèrent par terre ou se fracassèrent contre un mur. Quelques-unes plongèrent dans la grande fontaine, juste devant le palais.

Amos, étonné, regardait la scène sans comprendre ce soudain changement d'attitude. Les gargouilles, en pleine agitation une seconde plus tôt, étaient maintenant figées comme des statues. Comme le jeune garçon allait demander à Jerik pourquoi tout ce remue-ménage s'était arrêté aussi brusquement, le secrétaire devança la question et répondit :

— Quand le chat n'est pas là, les souris dansent ! Alors, disons… que… pour résumer… quand le juge sort… disons que… les gargouilles en profitent. Mertellus n'aime pas l'agitation et… voyons… disons… qu'il interdit formellement aux ornementations de son… de son palais… de… disons… de bouger. C'est le seul qui… dans cette ville… disons… agit aussi sévèrement avec ses décorations ! Un vrai tyran pour les… pour la… disons… pour la liberté d'expression des statues… enfin !

— Ce n'est pas un magistrat très sympathique, fit Amos.

— En connais-tu un qui… disons… qui le soit ? répliqua Jerik sans émotion.

Ils entrèrent tous dans le palais. Mertellus prit solennellement la parole :

— Bienvenue au palais de justice. C'est ici que sont jugés le bien et le mal. C'est ici que l'éternité commence. Les décisions prises entre ces murs sont toujours justes et nous en sommes très fiers. Jerik, amène notre ami Darwiche Chaussette à sa chambre. Je m'occupe de notre invité, ce cher, cet extraordinaire monsieur Daragon.

Un peu paniqué, Uriel regarda Amos d'un air de dire : « Et maintenant qu'est-ce que je fais ? » Le porteur de masques lui fit encore un clin d'œil pour le rassurer et disparut bien vite à la suite de Jerik. Uriel allait parfaitement jouer son rôle, Amos en était certain. En marchant vers sa chambre, le garçon put admirer la beauté des lieux. Les murs du palais étaient recouverts de tapisseries finement tissées, de rideaux en velours rouge, de vitraux multicolores et de tapis épais. Il y avait de somptueuses bibliothèques, de nombreuses salles de lecture et d'étude, des bureaux et des salles de conférence. En poussant une porte, Jerik dit à Amos :

— Voilà... disons... que c'est cela... C'est petit mais bon... c'est mieux que de dormir dehors... disons ! Vous savez... maître Daragon... vous devriez envier Uriel... c'est lui qui va dormir… dans… disons… dans les appartements réservés aux envoyés des dieux… aux gens importants, quoi! C'est… c'est grandiose…

— Pour moi, c'est beaucoup mieux ainsi, assura Amos en souriant. Comme je connais ma mission, je n'ai pas envie d'entendre les juges me la répéter. Uriel est très instruit et il connaît les bonnes manières. Je ne pouvais pas espérer trouver meilleur représentant.

— Et maintenant… que… que faisons-nous? demanda Jerik.

— Toi, tu restes ici et, moi, je vais faire un tour en ville, j'ai une petite enquête à mener!

11
Darwiche Chaussette

Les trois juges avaient fait servir un copieux dîner à leur invité, puis Ganhaus s'était proposé pour aller raccompagner le faux porteur de masques à ses appartements. Lorsqu'il se retrouva seul avec Uriel, le magistrat lui demanda anxieusement :

— Mais pourquoi te fais-tu passer pour Amos Daragon ? Et où se cache-t-il, celui-là ?

— Moi aussi, je suis content de te revoir, mon frère, lança Uriel pour toute réponse. Cela faisait des années que nous ne nous étions vus... Tu as bien changé, mon jeune frère, et je suis ravi que tu sois devenu un homme important !

— Écoute-moi bien, Uriel, nous n'avons pas le temps de faire du baratin sur nos retrouvailles ! Je ne t'aime pas et je ne t'ai jamais aimé. Je suis devenu juge justement pour punir les hommes de ton espèce. Les sales meurtriers me dégoûtent. Si je t'ai fait libérer des enfers... c'est pour... pour une raison bien précise.

— Tu as le sens de la famille, frérot! fit Uriel en ricanant. Tu nous as toujours utilisés, père, mère et moi, pour réaliser tes ambitions. Même mort et enterré, tu n'as pas changé! Vous êtes devenu pire que moi, votre honneur!

— Écoute-moi bien, je t'ai fait libérer des tourments éternels et des flammes de l'enfer, alors tu as une dette envers moi! Tu es ici pour éliminer Amos Daragon, t'emparer de la clé de Braha et la remettre à Seth, non? C'est bien ce qu'il t'a dit? C'est ce qu'il t'a demandé de faire?

— Oui et je n'en sais pas plus, confirma Uriel. Je devais aussi raconter l'histoire d'un elfe serrurier à Amos.

— Mais où est-il, ce fameux Amos Daragon?

— Vous l'avez laissé partir! lança l'assassin avec un grand sourire. Je vous l'ai pourtant présenté sous le nom de Darwiche Chaussette... C'est lui, le porteur de masques!

— Pardon? Un enfant?

— Et pas n'importe lequel! Je suis entré dans son jeu pour ne pas me dévoiler trop rapidement. C'est une couverture extra-ordinaire pour lui autant que pour moi.

— Et comment est-il?

— Ce garçon est d'une prodigieuse intelligence et d'une vivacité d'esprit hors du commun. Et moi qui devais jouer les érudits devant lui! J'ai eu beaucoup de mal à tenir mon rôle. Heureusement pour moi, durant tout le voyage, son attention a entièrement été occupée par sa mission. Nous avons beaucoup parlé et beaucoup joué aux cartes. C'est un garçon très honnête et très respectueux. Il m'a souvent surpris en train de tricher et jamais il ne m'en a fait ouvertement la remarque. Mais… dis-moi, qu'attends-tu de moi?

— Je veux que tu suives Daragon et que tu lui voles la clé de Braha. Tu le tueras ensuite en le jetant dans le Styx! Je veux que tu me remettes la clé, c'est tout!

— Mais Seth… c'est lui qui veut cette clé, non? C'est à lui que je dois la remettre, pas à toi!

— Écoute, mon frère, fit Ganhaus, amusé. J'ai le pouvoir de te renvoyer en enfer! Si tu m'obéis, je te promets la grâce et le paradis. Si tu me désobéis, dès que les portes seront rouvertes, je te renvoie dans les flammes des démons! Je suis juge, rappelle-toi. Avec le dossier que tu as, ton cas sera vite classé! Réfléchis un peu, je reviendrai chercher ta réponse!

— Mais pourquoi désires-tu tant cette clé?

— Cela ne te regarde pas! répondit Ganhaus, puis il ajouta en marmonnant: je serai bientôt un dieu.

***

Amos se promenait dans Braha depuis maintenant quelques jours. Il cherchait des indices, des pistes à suivre pour accomplir adéquatement sa mission. Uriel, qui jouait toujours le rôle du porteur de masques, semblait parfaitement à l'aise avec les juges, et le jeune garçon le voyait souvent en compagnie de Ganhaus. L'érudit se faisait discret et peu bavard lorsque Amos était dans les parages. Tous deux ne s'étaient presque pas parlé depuis leur arrivée à Braha, mais Amos ne s'en faisait pas trop. Une chose, par contre, le dérangeait. Durant ses promenades, il avait toujours l'impression d'être suivi. Il sentait constamment un regard derrière son dos, une présence dérangeante qui épiait chacun de ses gestes. Le porteur de masques finit par se dire, pour se réconforter, que se balader dans une ville remplie de fantômes devait certainement rendre n'importe qui un peu paranoïaque.

Dans cette cité pleine de spectres et de personnages étranges, Amos faisait des rencontres inusitées. Un jour, au coin d'une rue très achalandée, il arriva face à face avec Vincenc, un grand squelette de deux mètres qui mendiait dans la rue. Celui-ci racontait sa vie aux passants et quémandait de l'argent pour racheter ses os. De son vivant, parce qu'il était très grand, un célèbre professeur d'anatomie était venu le voir pour lui proposer un marché. Le géant recevrait dix pièces d'or s'il promettait de léguer son squelette au savant après sa mort afin que ce dernier puisse l'étudier. Le pacte avait été vite signé : Vincenc était convaincu que le vieux professeur mourrait avant lui et, surtout, il avait grand besoin d'argent pour payer ses dettes d'alcool dans les différentes auberges du coin. Malheureusement, les choses n'avaient pas très bien tourné pour Vincenc. Le pauvre s'était noyé dans la rivière peu de temps après avoir réglé ses dettes à ses créanciers. Le corps n'avait jamais été retrouvé. Son squelette, appartenant désormais au professeur, restait prisonnier à Braha en attendant que son propriétaire légitime le réclame. Vincenc mendiait donc pour accumuler les dix pièces d'or nécessaires au rachat de ses os. Personne ne lui donnait jamais d'argent, et le pauvre squelette racontait, encore et toujours, sa pathétique histoire aux passants.

Amos rencontra aussi Angess. Elle vint s'asseoir près de lui sur un banc, dans un parc, et lui demanda s'il n'avait pas vu Peten, son amoureux. La jeune femme était tout habillée de blanc et avait une longue épée qui lui traversait le cou. Elle saignait abondamment et ses vêtements étaient souillés de sang. Elle cherchait désespérément l'homme de sa vie. De son vivant, Angess était tombée amoureuse de Peten et voulait l'épouser. Malheureusement, son père en avait décidé autrement. Il avait choisi pour elle un autre homme, plus respectable mais surtout plus riche. Angess ne pouvait voir Peten qu'en cachette. Un jour, son père les avait surpris. Fou de colère de voir que sa fille lui avait désobéi, il avait levé son épée contre le prétendant, mais Angess s'était lancée devant l'arme. L'épée lui avait percé le cou. Depuis ce jour, la pauvre fille errait dans la cité des morts, à la recherche de Peten, son grand amour.

Un matin, Amos s'aventura sur une grande place totalement déserte, située derrière un imposant monastère. L'endroit était magnifique et le garçon se demanda pourquoi les habitants de Braha semblaient fuir un si charmant endroit. Il y avait une belle fontaine, et des dizaines d'énormes chênes bordaient la place. Le porteur de masques comprit vite pourquoi personne ne venait là. Trois gros chiens noirs sortirent de nulle part et se jetèrent furieusement sur lui. C'est de justesse qu'il parvint à se sauver sans être déchiqueté. Dès qu'il mit le pied à l'extérieur de la place du monastère, les chiens disparurent.

Amos apprit plus tard, de la bouche d'un passant, que ces chiens étaient en réalité trois malfaiteurs damnés. De leur vivant, ils avaient profané la tombe d'un moine. On racontait que le saint homme avait été enterré avec de magnifiques objets religieux d'une valeur inestimable. Les trois mécréants avaient déterré le moine et découvert les trésors sacrés. Comme ils allaient s'en saisir, le mort s'était levé dans sa tombe et les avait maudits pour l'éternité. Les pilleurs de tombe avaient ainsi été transformés en gros chiens noirs. Depuis ce temps, ils gardaient le trésor et assuraient la tranquillité du moine.

Braha était remplie de personnages tous plus étranges les uns que les autres. Il y avait un château qui était hanté par un loup-garou, et une avenue habitée par un barbier fou qui n'avait qu'une idée en tête : raser chaque passant. Toutes les heures, une jeune mariée sortait d'un puits en hurlant des chants religieux. Une fois qu'elle avait terminé son récital, elle replongeait dans son trou en poussant d'horribles cris. Amos vit également des pirates s'amuser à aborder un immeuble comme s'il agissait d'un navire. Cette ville était en ébullition constante et grouillait d'une énergie folle. Découvrir ses quartiers et ses habitants était pour le jeune garçon une incroyable aventure. Sa curiosité l'amenait continuellement à faire d'étonnantes rencontres.

Une nouvelle journée commençait pour Amos. Il marchait dans Braha depuis bientôt une heure. Jusque-là, il n'avait trouvé aucun indice, aucune piste lui permettant de trouver la clé de Braha. Il demandait des informations, interrogeait les passants, écoutait toutes les rumeurs qui circulaient dans la ville, mais personne ne semblait connaître la fameuse légende. Alors qu'il déambulait dans la foule de spectres, le garçon s'aperçut soudain que Jerik le suivait furtivement. Feignant de ne pas l'avoir vu, il continua à marcher comme si de rien n'était. Mais pourquoi Jerik l'espionnait-il ainsi? Peut-être était-ce seulement pour assurer sa sécurité. Après tout, Amos ne connaissait pas la ville, et le secrétaire voulait sans doute veiller à ce qu'il ne lui arrive rien de fâcheux.

Pour s'amuser, le jeune garçon décida de surprendre son ami. Il courut droit devant lui pour ensuite bifurquer vers une petite ruelle sombre. Une fois arrivé là, il s'accroupit, prêt à bondir sur Jerik lorsqu'il passerait devant lui. Le secrétaire allait avoir une sacrée peur! Tout à coup, Amos sentit une présence derrière lui.

Se retournant, il vit un inquiétant colosse, gros comme un cachalot, chauve et balafré. D'une seule main, ce dernier s'empara de lui avec brutalité et l'entraîna dans l'obscurité de la ruelle.

Quelques secondes plus tard, le garçon fut projeté dans un amoncellement de déchets. La brute, armée d'un immense marteau de guerre lui adressa finalement la parole :

— Avoue que tu es un voleur ! Tu te cachais des squelettes, de ces pourris de squelettes qui font la loi ici, qui surveillent tout et qui décident de tout, c'est cela ? Tu essayais de leur échapper ? Tu es un voleur, n'est-ce pas ? Je connais des voleurs…

Amos comprit vite, d'après le discours du gros bonhomme, quelle était la meilleure façon de lui répondre. On ne contrarie pas une brute excitée et prête à frapper.

— Oui, dit-il vivement. Je m'appelle Darwiche Chaussette, je suis un voleur, le meilleur voleur de toute la ville, et vous avez raison, je fuyais les squelettes, c'est bien ça !

— C'est bien ! répondit le gros guerrier avec un sourire édenté. Mais oui, très bien ! J'ai quelqu'un à te présenter. Tu vas venir avec moi, je connais des gens qui font une fête. Nous allons y aller ensemble et je te présenterai mon patron. Lui aussi, c'est un voleur. Je suis certain

qu'il va t'aimer. Ensuite, tu seras mon serviteur…
J'ai toujours eu envie de me faire servir… cela
fait plus sérieux d'avoir un serviteur! Tu acceptes
ou je me fâche?

— J'accepte avec un grand plaisir, lança
spontanément Amos en avalant sa salive. Ce
sera pour moi un honneur de vous servir,
maître…?

— «Maître»? C'est bien «maître»! répéta
le barbare, ravi. Ce sera maître Ougocil…
C'est mon nom, Ougocil!

— Très bien, où allons-nous donc?
demanda Amos en jetant discrètement un
coup d'œil autour de lui pour voir par où il
pourrait passer pour fausser vite compagnie
au mastodonte.

— Je n'ai pas le droit de te le dire, répondit
fièrement le gros Ougocil. C'est un secret. La
guilde des voleurs de Braha n'aime pas qu'on
dévoile ses secrets!

— Mais comment faire alors pour se rendre
là? Si nous y allons ensemble, je vais assuré-
ment voir où ils se cachent, non?

— Pas si tu dors! répondit le cachalot en
levant son arme.

Ougocil abattit puissamment son marteau
de guerre sur la tête d'Amos. Celui-ci perdit
instantanément connaissance. Comme lui avait
dit Charon sur le bateau, on ne peut pas mourir

à Braha, mais on peut y souffrir beaucoup. Le garçon se rappela ces paroles à son réveil et ne douta pas un instant de leur véracité. Une terrible migraine le torturait sans pitié.

En ouvrant les yeux, Amos regarda autour de lui. D'abord embrouillée, sa vue redevint vite normale. Il était couché sur le plancher d'une pièce majestueusement drapée de rideaux en velours rouge. Il y avait des centaines de spectres qui dansaient, buvaient et s'amusaient. C'était un grand bal où tous les invités portaient une perruque blanche et des vêtements ornés de fines dentelles et de somptueuses broderies. La subtile musique d'un orchestre de chambre donnait à ce lieu une légèreté peu commune.

Désirant quitter son inconfortable position, Amos se rendit vite compte qu'il était enchaîné par le cou, exactement comme un chien. Affalé au pied d'une chaise aux imposants barreaux, il leva les yeux et vit, assis dignement, un elfe qui avait l'air d'un prince. Celui-ci avait les cheveux blancs, la peau noire et les oreilles pointues. Ses dents étaient parfaites, son visage d'une exceptionnelle beauté et ses mouvements avaient la grâce d'un ange. Il regarda Amos, attaché à ses pieds comme un animal domestique, et lui dit en souriant malicieusement :

— Bonsoir, Darwiche Chaussette! Ougocil, le plus imbécile des barbares de Braha, t'a amené ici. Il voulait que tu deviennes son serviteur, mais cet idiot ne comprend pas qu'on ne peut pas posséder un serviteur lorsqu'on est serviteur soi-même. Il est bête comme ses pieds… Ougocil est le plus terrible des combattants que j'aie vus à l'œuvre. C'est pourquoi il est mon garde personnel. Il peut affronter une armée à lui seul. Malheureusement, son courage n'a d'égal que sa stupidité. Ah oui… je suis le maître de ces lieux et, toi, tu es mon prisonnier. C'est moi qui dirige la guilde des voleurs. Tous ceux et celles que tu vois ici sont des racailles de première, des brigands et des coupe-jarret. Il y a des assassins et des pickpockets, des empoisonneurs et des traîtres, personne à qui se fier, quoi! Nous attendons tous le jugement dernier, celui qui nous précipitera en enfer, mais, en attendant, nous nous amusons! Nous nous cachons! Nous fuyons la justice des squelettes! À Braha, rien ne change… Mais dis-moi, jeune homme, tu assures être le plus grand voleur de cette ville? C'est bien ce que tu prétends? C'est bien ce que tu as dit au gros bêta de barbare?

Amos fut pris d'une grande panique. Il avait menti pour tenter de sauver sa vie et voici que ce mensonge allait peut-être se retourner contre lui. Rapidement, il jugea la situation. Il était prisonnier de cet elfe noir, enchaîné comme un chien. Rien à faire pour se sortir de ce piège ! Le porteur de masques décida donc de jouer le jeu jusqu'au bout, de jouer le tout pour le tout. Il dit en cachant bien sa nervosité :

— Oui, effectivement, je suis le meilleur voleur de cette ville !

— Je savais que tu dirais cela, répondit l'elfe. Tous les voleurs sont de prétentieux vantards ! Eh bien, c'est ce que nous allons voir, mon jeune ami. Nous allons te mettre à l'épreuve. J'ai prévu un petit jeu pour mon amusement. Il faut bien passer le temps ! Au centre de la salle, là-bas, il y a une grande table, tu la vois ? Regarde derrière les gens qui dansent.

— Oui, confirma Amos, je la vois.

— Eh bien, sur cette table, il y a un plat rempli d'une centaine de petites cuillères dorées. J'ai posté, autour du plat, cinq gardiens qui le surveillent attentivement. Ce sont mes couverts des grandes occasions. Sans te faire voir, tu voles une cuillère dans ce plat et tu me l'amènes ! Si tu réussis, je te laisse partir. Si tu échoues, je te lance dans les eaux du Styx et ton âme sera dissoute. Tu comprends ?… Je n'aime pas les menteurs et encore moins les fanfarons. Avant que tu t'exécutes, je te présente l'Ombre que voici.

Un jeune garçon, identique trait pour trait à Amos, s'avança devant eux.

— Il est étonnant, tu verras, confia le maître des lieux au porteur de masques. Allez, l'Ombre, va me chercher une de ces cuillères dorées sans que personne ne s'en aperçoive !

Immédiatement, l'Ombre disparut dans la foule. En moins d'une seconde, il prit l'apparence d'un danseur, d'un autre encore, puis d'une femme et d'un enfant. Sans se faire remarquer, il s'approcha lentement de la table. Il changeait de visage et de forme à volonté.

— L'Ombre est le plus grand voleur de la ville ! dit l'elfe à Amos. Il est le dernier survivant de sa race à Braha. Le peuple de la pénombre, comme on l'appelait, a quitté le monde des vivants et celui des morts depuis fort longtemps. Regarde comme il change de forme, de visage, d'expression. Son corps est composé d'une vapeur qui se solidifie pour prendre l'apparence qu'il veut. Il est épatant ! Il peut aussi bien prendre la forme d'un objet que celle d'un humain.

Maintenant juste à côté de la table, l'Ombre prit l'apparence de l'un des gardiens. Il éternua pour attirer l'attention sur lui, changea encore une fois d'apparence, se pencha au-dessus de la table en feignant un étourdissement et prit rapidement une cuillère. Il la glissa dans sa manche et s'élança de nouveau sur la piste de danse. Vingt secondes plus tard, c'est sous la forme d'une très belle femme vêtue d'une robe jaune qu'il remit la cuillère dans les mains de l'elfe noir.

— Tu es fantastique, l'Ombre! Fantastique! s'exclama le maître des lieux en glissant la cuillère en or dans la grande poche de sa redingote. Personne n'a rien vu! Maintenant à toi, Darwiche Chaussette! Allez! Amuse-moi!

L'elfe libéra Amos de sa chaîne. Le jeune garçon demanda alors:

— Vous désirez que je vole une cuillère dans ce plat, là-bas, c'est bien cela?

— Oui, c'est cela, jeune prétentieux! fit l'elfe en riant.

— Dites-moi, ces cuillères sont-elles toutes identiques?

— Elles sont toutes pareilles! assura le maître de la guilde avec un sourire diabolique.

— Très bien… Alors, je fais un marché avec vous, proposa Amos. Si j'échoue, vous me lancez dans le Styx, mais si je réussis, vous m'aidez à voler autre chose! Une petite bagatelle qui me tient à cœur…

— Je refuse! s'écria l'elfe noir. Je n'ai pas à faire de marché avec toi! Tu es MON prisonnier ici.

— Très bien, riposta le garçon sans se démonter, alors jetez-moi immédiatement dans le Styx… Je suis désolé mais je ne travaille jamais pour rien et surtout pas pour me donner en spectacle! J'ajoute que je réussirais cet exploit non pas à l'insu de tous, comme l'Ombre, mais pendant que tous les regards seraient tournés vers moi. Vous êtes curieux? Eh bien, prenez le risque d'accepter ce que je vous demande! Je suis Darwiche Chaussette, le plus grand voleur de cette ville, et je ne vous mens pas!

— D'accord! lança l'elfe, intrigué. Si tu réussis ce tour-là, je ferai l'impossible pour toi. Je volerai tout ce que tu voudras. Je te ferai même immédiatement membre officiel de la guilde. Par contre, je doute que tu puisses réussir un tel exploit! Mets-toi au travail, je te regarde.

Amos sauta sur une chaise et cria à pleins poumons:

— Qu'on arrête la musique! Arrêtez tout et écoutez-moi bien! S'il vous plaît, accordez-moi votre attention quelques secondes!

Les musiciens s'immobilisèrent et tous les yeux se tournèrent vers le garçon, amusé par cette interruption subite. Le silence se fit rapidement dans la foule.

— Merci beaucoup… euh… je m'appelle Darwiche Chaussette et…

En entendant ce nom étrange, plusieurs personnes dans l'assistance se mirent à rire et à applaudir.

— Oui, c'est bien mon nom, reprit Amos. Je suis un très grand magicien et pour vous ce soir, avec la permission du maître des lieux, j'exécuterai un de mes fameux tours. Un de ces messieurs pourrait-il m'apporter une des cuillères du plateau ?

L'elfe noir donna son accord en hochant la tête, et un des gardiens du plat s'exécuta prestement. La cuillère dorée dans la main, Amos fit semblant de se concentrer et dit :

— Bel objet, beau trésor ! Va vers celui qui est le plus digne de te recevoir, va vers ton propriétaire !

Dans un geste théâtral, le garçon mit alors la cuillère dans la poche de son pantalon et lança :

— Elle a disparu ! Elle se trouve maintenant dans la poche de la redingote de l'elfe noir ! De ma poche, elle est passée dans la sienne ! Levez-vous, cher maître, et fouillez bien votre vêtement !

L'elfe comprit vite la ruse d'Amos et sut qu'il venait de perdre son pari. En se mordant la lèvre de colère, il se leva. Sous les yeux de ses invités, il sortit effectivement une cuillère en or de sa redingote. Il s'agissait évidemment de celle que l'Ombre avait volée précédemment.

Un tonnerre d'applaudissements vint s'abattre sur Darwiche. Celui-ci salua plusieurs fois.

Amos avait effectivement volé l'objet au vu et au su de tous! Le tour était joué et la partie, gagnée.

— Eh bien, dit le garçon, satisfait. Voici la preuve de mon talent… Ce que l'Ombre a fait en se cachant, je l'ai fait au grand jour. J'en déduis donc que je suis le plus grand voleur de cette ville et je n'ai pas menti. Ai-je le droit de vivre maintenant?

— Bien, dit l'elfe en se renfrognant. Tu es libre et j'ai maintenant une dette envers toi.

— Puis-je connaître votre nom? demanda poliment Amos.

— Tout le monde ici porte cinq ou six noms, répondit l'elfe. Ici… tout est faux! Appelle-moi Arkillon, ce sera très bien. Et toi, Darwiche Chaussette, c'est ton vrai nom?

— Non, répondit Amos en souriant.

— Tu vois…, dit l'elfe noir, tout est mensonge, tout le temps! Je dirai à Ougocil que tu fais maintenant partie de notre famille de voleurs. Il en sera heureux! Après tout, c'est lui qui t'a recruté! Il te montrera nos cachettes, nos lieux secrets.

— Merci bien. Pour en revenir à nos affaires maintenant…

— Oui… oui! fit l'elfe en soupirant. Tu veux que je vole quelque chose pour toi?

— Exactement! confirma le jeune porteur de masques.

— Qu'est-ce que c'est? demanda nonchalamment l'elfe en prenant une grande gorgée de vin rouge.

— La clé de Braha! lança fièrement Amos.

Avalant lentement sa boisson, l'elfe devint livide et, le souffle coupé par cette demande, implora:

— Non… tout, Darwiche, tout! mais pas cela!

12
Le désert de Mahikui

Après d'interminables semaines de voyage, la troupe de Junos arriva enfin en vue du désert de Mahikui. Béorf avait complètement récupéré et ses blessures s'étaient bien refermées. Tout le monde, les chevaliers comme les Dogons, était épuisé par cette longue route. La troupe n'avait rencontré aucun problème majeur durant le périple, mais les innombrables heures de marche semblaient avoir miné son moral. Un soleil de plomb cuisait férocement la peau des hommes de Berrion. Ceux-ci, moins habitués que les Dogons à ce climat étouffant, souffraient terriblement. Junos, comme les autres, aurait donné n'importe quoi pour un peu de pluie ou pour une légère brise rafraîchissante. Seule Lolya donnait l'impression d'être fraîche comme une rose.

— Nous nous arrêterons ici pour la nuit, cria le seigneur de Berrion, exténué par sa journée.

— Je ne suis pas d'accord, protesta la jeune reine. Je sens un danger. Ne nous arrêtons pas.

Il y a un village plus loin. Nous y serons dans une heure à peine si nous pressons le pas. Ce sera d'ailleurs notre dernier point de ravitaillement avant d'entrer véritablement dans le désert.

— Je ne ferai pas un pas de plus, affirma Junos, un peu exaspéré. Mes hommes sont épuisés et vos guerriers, Lolya, ressemblent à des épaves. Nous nous traînons les pieds et nous avons grand besoin de repos. C'est ici même que se termine notre journée!

— Ce n'est pas sage de votre part de mettre ainsi en doute ma parole, répliqua Lolya. J'ai le don de sentir les événements à venir et ce campement pourrait bien être le dernier de votre vie.

— Je suis fatigué de tes palabres, de tes pressentiments et de tes visions, jeune fille! lança Junos, de plus en plus impatient. Nous sommes exténués, peux-tu comprendre cela? Nous devons manger et dormir! Nous irons à ce village demain. Pour l'heure, nous installons le campement que tu le veuilles ou non. Me suis-je bien fait comprendre?

Lolya capitula. Béorf, tenaillé comme toujours par la faim, alla immédiatement engloutir une ration de fruits séchés et un gros morceau de pain. Une fois rassasié, il s'installa dans le chariot où gisait le corps d'Amos et, comme tous les jours, il lui raconta sa journée. Le gros garçon avait pris cette habitude. En parlant à son ami, il avait l'impression de le tenir en vie, de tenir son âme éveillée. C'est Lolya qui l'interrompit dans son monologue:

— Tu viens avec moi, Béorf? Je me rends au village. Junos refuse d'y aller ce soir, mais j'ai besoin d'informations pour la suite de notre itinéraire.

— Mais tu as dit à Junos que tu avais un mauvais pressentiment, répondit Béorf. Tu ne préfères pas demander à tes guerriers de t'accompagner?

— Non… peut-être… Je ne sais pas comment t'expliquer cela, Béorf. Je suis très confuse… Je suis tiraillée entre deux pôles. Quelque chose m'appelle dans ce village. Depuis bientôt une semaine, je fais des rêves étranges. Le baron Samedi veut me prévenir d'un danger, mais il n'arrive pas à me le communiquer clairement. Une puissante force brouille notre lien. Je veux me rendre à ce village dès que possible.

— Bon, grogna Béorf, je t'accompagnerai mais je préférerais rester ici. Je suis si fatigué!

— Merci, tu ne le regretteras pas, mon ami, dit Lolya, soulagée.

En chemin, la jeune reine se confia de nouveau au béorite.

— Béorf, connais-tu le peuple des Anciens?

— Non, répondit sèchement le gros garçon. Désolé, Lolya, mais vraiment il me reste juste assez de force pour atteindre ton village. Tu me raconteras tes histoires plus tard. Je fais de gros efforts pour rester debout. Si tu n'étais pas là, je pense bien que je me coucherais en plein milieu de cette route de sable!

— Écoute-moi, c'est important! insista la jeune reine.

— C'est important... Pourquoi «important»? fit Béorf qui commençait à perdre patience. Nous sommes paumés dans un coin de pays aride, près d'un désert sans intérêt où nous avons à accomplir une mission que je ne suis même pas certain de comprendre. Amos est mort mais, en réalité, il n'est pas mort! Il doit apparemment ressusciter et personne ne sait comment l'aider! J'ai la tête lourde et je suis fatigué. Tais-toi, Lolya, et marchons en silence...

— Je t'assure que c'est important, car je crois que le moment est venu pour moi!

— Quel moment? De quoi parles-tu? demanda Béorf, excédé.

— Je te parle de la voie des Anciens, reprit Lolya. Marche et écoute, tu ne perdras pas trop d'énergie ainsi. Et cesse de grogner, veux-tu?

— Je suis un ours, alors je grogne, c'est tout! Toi, tu es de la race des pies, alors tu parles!

La petite fille pouffa d'un rire sonore et clair. Béorf, très content de sa réplique, esquissa un sourire, puis, entraîné par la bonne humeur de Lolya, il fut pris d'un monumental fou rire. Les deux marcheurs, maintenant par terre, avaient les larmes aux yeux et se tenaient les côtes. Soudain, la jeune reine s'arrêta net.

— Qu'est-ce qui se passe? demanda Béorf en retenant son fou rire.

— Nous n'aurons pas le temps de nous rendre au village! C'est commencé! répondit anxieusement Lolya.

— Mais qu'est-ce qui est commencé? fit le garçon qui avait retrouvé son sérieux.

— C'est ce que je voulais t'expliquer! C'est la voie des Anciens… Promets de rester avec moi, quoi qu'il arrive! PROMETS-LE-MOI!

— Oui, ça va… ça va! assura Béorf.

— Bon, écoute…, reprit Lolya en se concentrant pour ne pas défaillir. Je suis de la race des Anciens, les premiers habitants de ce monde. Nous avons été chassés par les humains et totalement éradiqués de la surface de la Terre.

Béorf remarqua alors que la peau de Lolya commençait à se tendre lentement. Ses mains tremblaient et de grosses gouttes de sueur perlaient sur son visage.

— Je le savais… je me doutais bien que cela allait se produire! Vite, amène-moi derrière cette dune de sable, là-bas!

L'hommanimal retrouva tout à coup ses forces et souleva la fillette d'un bras pour l'amener derrière la dune où elle poursuivit son récit:

— Ce que tu vas voir, Béorf, peu d'humains ont eu l'occasion de le voir. J'ai peur, j'ai très peur… Mes pressentiments, mon incapacité de communiquer clairement avec le baron Samedi et cet appel vers le village… tout concorde maintenant. Je devais absolument m'éloigner du campement. Je… je me transforme, Béorf… Le pouvoir de la draconite fait son effet!

— Très bien, répliqua nerveusement le gros garçon. Mais… mais… explique-moi! C'est quoi, au juste, la draconite?

— Regarde la pierre précieuse que j'ai au fond de la gorge! C'est le baron qui l'a placée là. C'est une draconite et elle contient l'âme d'un Ancien, l'âme d'un… d'un DRAGON! Tu vas assister à la… la naissance d'un Ancien! Tu vas assister à la naissance de Kur! Nous, les Anciens, avions disparu de ce monde, et le baron Samedi, notre dieu, a décidé de nous faire renaître. Nous devons reprendre la place que nous occupions sur la Terre…

— Lolya, arrête maintenant ! Viens, nous rentrons au campement pour te soigner… Ce doit être la fatigue, tu délires ! Viens, je te porterai !

— LÂCHE-MOI ! cria énergiquement la jeune reine. Tu ne comprends rien de ce qui se passe ici ?

Béorf vit alors la figure de Lolya se transformer. Ses yeux étaient injectés de sang et le garçon vit très clairement, dans ses pupilles, des flammes danser. Il hurla :

— Mais qu'est-ce qui se passe ? Qu'est-ce qu'il t'arrive ? LOLYA !

***

Junos s'éveilla brusquement et sortit de sa tente avec précipitation. Le soir tombait paisiblement et une légère brise inespérée lui caressa la barbe. À l'horizon, le soleil disparaissait peu à peu en colorant le ciel d'un rouge flamboyant. C'est la voix de Béorf qui avait réveillé Junos. Enfin, il n'en était maintenant plus tout à fait certain. Peut-être avait-il rêvé. Le seigneur de Berrion se mit à la recherche du garçon. Tous ses chevaliers dormaient à poings fermés. Deux Dogons montaient la garde, assis sur le chariot où reposait le corps d'Amos.

— Pardon, messieurs, vous n'auriez pas vu Béorf par hasard? leur demanda Junos.

Les deux hommes firent signe que non.

— Et Lolya? Vous savez où elle se trouve?

Même réponse de la part des guerriers. Inquiet, Junos décida de prendre son cheval pour partir à la recherche de Béorf. Au moment où il mettait le pied dans l'étrier, il sentit la terre trembler, puis entendit un grondement lointain. Il n'en fallait pas plus pour que le seigneur comprenne la gravité de la situation. Une armée galopait à fond de train en direction du camp! Scrutant l'horizon, Junos vit le nuage de poussière caractérisant une chevauchée énergique. Il cria:

— DEBOUT, CHEVALIERS DE L'ÉQUILIBRE! AUX ARMES! ON NOUS ATTAQUE!

Malgré ce brutal réveil, tous les hommes furent bientôt prêts au combat. Ils virent une centaine de guerriers foncer sur eux à toute allure. Yaune le Purificateur en tête, c'est dans un infernal boucan qu'ils traversèrent le camp en fauchant avec leurs épées plusieurs Dogons. Quelques chevaliers furent aussi tués au cours de cette attaque. Bien vite, la troupe de Junos fut encerclée. Plus nombreuse, l'armée des mercenaires de Yaune avait formé un cercle autour du camp et aucune retraite n'était plus possible.

Le serviteur de Seth descendit de sa monture et retira son casque. Devant sa laideur repoussante, Junos eut un mouvement de recul. Yaune, cet ancien chevalier de la lumière, avait eu naguère une beauté virile et sauvage. Son pouvoir de séduction était grand et les gens lui faisaient facilement confiance. L'homme qui se trouvait maintenant devant Junos n'avait plus aucun de ces attributs. Avec son œil de reptile, sa cicatrice au visage et son tatouage sur le front, il était devenu un monstre transpirant la haine et le mépris, la convoitise et le désir de vengeance. Yaune, souriant, s'avança vers le seigneur de Berrion. Celui-ci fit signe à ses hommes et aux Dogons de ne pas bouger.

— Alors, Junos, dit Yaune, quoi de neuf ? C'est toujours un plaisir de revoir le grand, le très grand libérateur de Bratel-la-Grande.

— Viens-en aux faits, répondit sèchement Junos. Que veux-tu ? Que nous veux-tu ?

— Pour répondre à ta première question, fit le chevalier déchu, je répondrai que... je veux te tuer. Qu'est-ce que je vous veux, à tous ? Eh bien... je veux aussi vous tuer ! Mais avant, je vous ferai beaucoup, mais BEAUCOUP souffrir !

— Mais pourquoi ? Que t'ai-je fait pour mériter ainsi ta haine ?

— CE QUE TU AS FAIT? hurla Yaune. TU AS LE CULOT DE ME DEMANDER CE QUE TU AS FAIT? Eh bien, je vais te le dire, poursuivit-il en se radoucissant. J'étais seigneur de Bratel-la-Grande, j'avais une armée, des hommes de confiance et je faisais la loi sur mes terres en gouvernant à ma façon. Puis Karmakas et les gorgones sont arrivés pour me détruire. Heureusement, le seigneur Junos du royaume de Berrion est venu avec Amos Daragon pour nous libérer. Seulement voilà! vous m'avez démis de mes fonctions et vous avez confié mes terres à Barthélémy. Vous m'avez chassé et tatoué le mot «meurtrier» sur le front.

— Tu étais un mauvais roi, rétorqua Junos sur un ton plein de mépris. Tes hommes se sont révoltés contre toi. Tu as tué et brûlé injustement bon nombre de personnes que TU considérais comme des sorciers. Tu as eu ce que tu méritais... Estime-toi chanceux d'être encore vivant!

— Et toi..., Junos de Berrion, dit Yaune en s'approchant du seigneur, tu dis à tes hommes de déposer leurs armes et de se rendre. Nous sommes beaucoup plus nombreux que vous et tu sais que vos chances sont nulles. Vous êtes mes prisonniers. Dis-moi, avant que je t'enchaîne comme une bête sauvage, où est donc la fille noire? Je dois lui trancher la gorge! ajouta-t-il avec un rire sonore.

— Cherche! répondit Junos. Elle a disparu.

— DIS À TES HOMMES DE SE RENDRE MAINTENANT! cria Yaune.

Junos, d'un geste solennel, fit signe à ses chevaliers et aux guerriers dogons de déposer leurs armes. Yaune les obligea à retirer leurs vêtements afin que le soleil puisse davantage les cuire, puis il les fit enchaîner comme des esclaves. Le chevalier monta ensuite sur le chariot où reposait toujours le corps d'Amos. Il se pencha au-dessus du garçon et il lui murmura à l'oreille:

— Amos, petit futé, je suis content de te revoir. Tu sais que c'est toi qui as causé ma perte? Tu le sais, non? Eh bien, à partir d'aujourd'hui, c'est moi qui vais te propulser dans la noirceur et le vide, dans le néant de l'existence. Nous allons nous rendre ensemble dans le désert de Mahikui. Nous trouverons la pyramide et tu libéreras mon armée. Ensuite, lorsque ta mission sera terminée, je t'ouvrirai la poitrine pour t'arracher le cœur! Ça te va?

Au crépuscule, le cortège de prisonniers se mit en route.

13
La vérité

Assis à une table, Amos discutait avec l'elfe Arkillon. L'Ombre, qui avait pris l'apparence physique de l'elfe, était aussi présent et partageait un long banc avec Ougocil le barbare.

— Comment puis-je t'expliquer cela simplement? dit le maître de la guilde. La clé de Braha, c'est… c'est une légende, une terrible légende qui annonce la fin des temps, la fin de tout. Heureusement, peu de gens connaissent cette histoire…

— Je ne comprends pas, l'interrompit Amos. La fameuse légende dit qu'un elfe serrurier créa cette clé à la demande du premier des magistrats de Braha. Ensuite, parce qu'il s'était vu refuser son retour parmi les vivants, il cacha la clé et l'envoûta pour que seul un être vivant puisse la prendre. Dans le royaume des morts, cette clé s'avérait donc impossible à saisir! Elle sert à ouvrir les portes du paradis et de l'enfer, non? La légende parle aussi d'un terrible gardien, c'est bien cela?

Arkillon, perplexe à l'écoute de ce récit, demeura silencieux. L'Ombre se mit à rire discrètement pendant qu'Ougocil, incapable de comprendre quoi que ce soit à cette histoire, se grattait la tête.

— Mais qu'est-ce que tu nous racontes, Darwiche Chaussette? demanda l'elfe en ricanant. Qui t'a raconté cette histoire saugrenue? Je pense qu'on t'a mené en bateau, mon jeune ami! La clé de Braha n'est pas une clé, mais une pomme!

— QUOI? UNE POMME? s'exclama Amos, incrédule.

— Oui, monsieur, une pomme! reprit l'elfe, sûr de lui. Je pense qu'il est temps pour toi de laisser tomber ton masque, Darwiche. Si tu veux de l'aide, tu dois me dire qui tu es véritablement et ce que tu fais ici, à Braha.

Amos, conscient que son jeu avait assez duré, expliqua en détail ce qui l'avait amené dans la cité des morts. Il révéla son véritable nom, avoua être un porteur de masques et fit la narration complète de sa première aventure à Bratel-la-Grande. Il parla ensuite de Lolya, des Dogons, du baron Samedi et de Béorf. Puis il raconta la cérémonie au cours de laquelle la jeune reine lui avait enlevé la vie, son voyage sur le Styx, sa rencontre avec Jerik et Uriel et, finalement, son arrivée au palais de justice.

Amos parla ainsi pendant près d'une heure. Arkillon et l'Ombre buvaient ses paroles comme des assoiffés, sans jamais l'interrompre. Ougocil, quant à lui, s'endormit bien vite : tout cela était beaucoup trop compliqué pour lui.

— Eh bien ! s'exclama l'elfe à la fin du récit, je pense que tu t'es fait manipuler depuis le début de ton voyage jusqu'à aujourd'hui. Si tu le permets, je vais envoyer l'Ombre enquêter au palais de justice. Il nous dégotera des informations sur ce complot contre toi.

— Je veux bien, fit Amos.

— Va, l'Ombre, ordonna Arkillon. Et reviens avec la vérité !

L'Ombre se dématérialisa et disparut prestement.

— Toi, Amos, reste ici, reprit l'elfe. Tu y seras en sécurité. J'affecterai mon brave Ougocil à ta sécurité personnelle… quand il se réveillera. Regarde-le, il dort comme un bébé. Je pense qu'il ne sait même plus qu'il est mort !

— Arkillon, j'ai besoin de savoir. Qu'est-ce que la clé de Braha ?

— Je t'explique, mon jeune ami, répondit l'elfe en rassemblant ses idées. La clé de Braha vient d'une légende qui remonte à l'époque où fut créée cette cité. Quand les dieux, d'un commun accord, choisirent la ville enfouie de

Braha pour en faire le lieu du jugement des âmes, ils y plantèrent un arbre. Cet arbre, un pommier donnant exclusivement des fruits de lumière, est en fait l'arbre de la vie éternelle. Quiconque mange une de ses pommes se voit automatiquement accorder l'immortalité. La clé de Braha, c'est la clé de la vie. C'est en réalité le grand mystère de l'existence de toutes les créatures qui vivent sur la Terre. Si tu croques une de ces pommes, tu deviens un dieu, Amos! Les fruits n'accordent l'immortalité qu'aux êtres vivants; voilà pourquoi les âmes des défunts, comme toi et moi, ne peuvent pas voir cet arbre.

— Je comprends…

— Dans cette fameuse légende, continua Arkillon, il est aussi dit que celui ou celle qui mordra dans ce fruit, ouvrira une porte entre le royaume des morts et celui des vivants. Braha se videra complètement de ses fantômes qui, dès lors, envahiront la Terre pour provoquer la destruction complète du monde. Tu me parlais, un peu plus tôt, du baron Samedi.

— Oui, Lolya, la jeune reine des Dogons a dit qu'il est son guide spirituel.

— Le baron Samedi est beaucoup plus que cela. Il est le dieu suprême d'une race éteinte qu'on appelle les Anciens. Les autres dieux le considèrent comme une divinité finie, sans importance, un petit serviteur de deuxième classe, mais, en réalité, il a une force terrible. Lolya est… est sa fille !

— LOLYA EST LA FILLE D'UN DIEU ? s'écria Amos, abasourdi. Mais comment sais-tu tout cela ?

— Je le sais parce que je suis un elfe. J'ai vécu sur la Terre des milliers d'années et je suis ici, à Braha, depuis autant de temps. Les elfes sont les dépositaires d'une connaissance inaccessible aux humains.

— Dans ce cas, explique-moi qui sont les Anciens, cette race éteinte dont le baron Samedi était le dieu suprême.

— Cette race a vécu bien avant moi. À ma naissance, il n'en restait que quelques-uns. Ils ont tous été chassés et tués par les hommes.

— Pourquoi ?

— À cause de leur inestimable richesse. Les Anciens vivaient dans d'immenses grottes au cœur des montagnes et dormaient sur des lits d'or et de pierres précieuses. Leur tête contient des pierres brillantes, très recherchées par les magiciens, qu'on appelle des draconites. Pour conserver leurs pouvoirs magiques, ces pierres doivent être dérobées sur un dragon vivant. Les humains, avides de richesse, ont massacré les Anciens pour les voler. C'est au cours d'une de ces expéditions, alors que j'accompagnais une troupe d'humains particulièrement cupides, que j'ai perdu la vie. C'est mon plus grand défaut, mon avidité, qui a causé ma perte.

— Mais enfin, qui sont ces fameux Anciens ?

— Ce sont… les dragons ! fit Arkillon avec un certain trouble dans la voix. Lolya est… comment te dire ?… elle est le premier dragon qui va bientôt renaître sur la Terre. Les dieux sont de nouveau en guerre, tu le sais déjà. Ta mission, comme tu me l'as expliqué, est de rétablir l'équilibre du monde. Eh bien, le monde est sur le point de subir un profond déséquilibre. Le baron Samedi a choisi son camp. Il se prépare à rétablir sur terre le règne des dragons pour se venger des hommes. Les dieux se servent de toi pour accomplir leurs sombres desseins.

— Si je comprends bien, récapitula Amos sur un ton anxieux, un dieu du mal m'utilise pour que je trouve la clé de Braha et que j'ouvre la porte entre le monde des vivants et celui des morts. Si j'accomplis cette mission, je deviendrai un dieu, et des centaines de fantômes envahiront la Terre pour provoquer la fin du monde ! Je sauve ma peau, mais je provoque en même temps un cataclysme ! Si le baron Samedi fait amener mon corps dans le désert de Mahikui, en haut de cette pyramide, c'est qu'il joue le jeu d'un dieu plus puissant, ce même dieu qui m'utilise. Ce baron compte sur mon échec à Braha. Si je rate mon coup ici, dans la cité des morts, il se débarrasse définitivement de moi et, dans quelques décennies, c'est lui qui contrôlera le monde avec ses dragons. D'un côté comme de l'autre, quoi que je fasse, je provoque la fin du monde. C'est une situation sans issue! Je suis piégé! Pas d'échappatoire possible…

Un lourd silence s'installa dans la pièce. Arkillon, tête basse, réfléchissait. Atterré par ses conclusions, Amos sentit un profond découragement l'envahir. C'est à ce moment qu'Ougocil se réveilla. En bâillant, il laissa tomber:

— Il te faut tout effacer… Il faut revenir en arrière et tout recommencer!

— Tais-toi! lança méchamment Arkillon. Tu ne vois pas que nous essayons de réfléchir?

Amos se leva d'un bond, sauta au cou d'Ougocil et, en l'embrassant sur le front, lui cria, tout excité:

— TU ES UN GÉNIE, BRAVE OUGOCIL! UN VÉRITABLE GÉNIE!

14
La bête de feu

Béorf n'en croyait pas ses yeux. Devant lui, à quelques mètres, Lolya s'était métamorphosée en dragon. Elle était immense, gigantesque! La peau de la jeune reine avait commencé par fondre lentement. Les os de son crâne s'étaient alors mis à bouger, puis ils s'étaient reformés peu à peu en grossissant. Des ailes ornaient maintenant son dos, et de puissantes griffes avaient remplacé ses doigts. L'hommanimal était complètement paralysé par la peur. Incapable de remuer un seul doigt, il restait immobile, tout près de la bête, sans même penser à fuir. Une forte odeur de musc émanait du dragon. Il était noir comme du bois d'ébène et couvert de solides écailles. Sa gueule était énorme et ses dents ressemblaient à de monu-mentales stalactites et stalagmites. La bête se tourna vers le gros garçon et dit:

— Je t'ai gardé en vie, Béorf Bromanson, afin que tu sois témoin de la résurrection des Anciens et pour que tu dises aux humains de se soumettre au nouvel ordre que connaîtra la Terre. Lolya n'est plus, mon nouveau nom est Kur et, bientôt, je serai le maître de ce monde. Lolya était mon enveloppe, mon œuf, ma dent de lait. Je grandissais en elle en la nourrissant de mes pouvoirs. Dans la langue des Anciens, Kur signifie «montagne». Je ferai bientôt renaître une race de créatures inférieures, les dragons des plaines. Ils seront plus petits que moi, et les humains les reconnaîtront à leurs écailles colorées et leur crête plus acérée. Ce sont eux qui ouvriront la voie et prépareront le monde à accueillir les Anciens. Les humains devront se soumettre et devenir nos serviteurs. Ils devront, comme les Dogons, sacrifier leur vie pour nous servir de nourriture. Anciennement vivaient dans le lac Anavatapa, le centre du monde, Nanda et Upananda, les deux gardiens de la colonne d'or que l'on appelle maintenant l'axe cosmique. Les humains les ont tués par convoitise. La colonne d'or fut profanée et, depuis ce jour, l'axe de la Terre a changé en provoquant de terribles cataclysmes! Voilà de quoi sont capables les hommes! Autrefois, chaque montagne avait son dragon, et la paix régnait entre toutes les créatures. Nous étions les maîtres, les juges et les avocats, et nous gouvernions en faisant régner la peur. Nous avions simplement oublié que la peur peut être surmontée par les humains lorsque ceux-ci sont menés par la soif de richesse et de pouvoir. Nous avions d'immenses richesses, des lits d'or, des montagnes de pierres précieuses! TOUT NOUS A ÉTÉ VOLÉ! Et pourquoi? Pour être dispersé aux quatre coins du monde. Cette fois, personne ne nous dérobera quoi que ce soit impunément!

Béorf écoutait, bouche bée et les yeux ronds. C'était trop pour lui! Son cœur battait la chamade et ses jambes tremblaient. Il avait devant les yeux la plus monstrueuse des créatures ayant foulé le sol de cette planète. Dans sa tête, ses pensées se désarticulaient peu à peu. La terreur le rendait confus. Chevauchant la mince ligne entre la raison et la folie, il continua d'écouter le monologue du dragon.

— Azi-Dahaka fut enchaîné et torturé pendant neuf mille ans par des générations d'humains qui voulaient le forcer à révéler où était caché son trésor. Jamais il ne parla, jamais il ne dit quoi que ce soit! Son silence et sa lente agonie seront aujourd'hui récompensés! C'est dans son antre même, couché sur son lit d'or, que je préparerai la renaissance de mon peuple. Je deviendrai plus grand que Rouimon, le dragon aveugle qui tuait les hommes rien que par son rugissement. Lui qui fut découpé en morceaux, durant la dernière Grande

Guerre des dieux, par les épées lumineuses de quelques esprits célestes, sera fier de moi!

Depuis qu'il avait commencé à parler, Kur avait avalé des dizaines de très grosses pierres. La roche, aux abords du désert de Mahikui, avait la particularité de posséder une forte teneur en phosphore. C'est grâce à cet élément qu'il était possible à Kur et à tous les dragons en général de cracher du feu. Une fois dans l'estomac de la bête, les pierres phosphoriques se dissolvaient dans de puissants acides en créant un gaz très inflammable. Le dragon n'avait plus alors qu'à expulser le gaz par la gueule pour que celui-ci s'enflamme au contact de l'air. Ce jet de feu pouvait atteindre une distance de deux cents mètres et frôler des températures de mille degrés. Kur se préparait donc à une sanglante attaque.

— Va! lança le dragon à Béorf. Je ne te retiens pas! Je t'ai déjà sauvé la vie et je ne vais pas te la reprendre. Je sais que ta race, les béorites, est en voie d'extinction. Tu comprendras, après ce que je viens de te raconter, que je suis sensible aux races en péril. Pour cela, tu auras la vie sauve. Je veux aussi que tu parles, que tu racontes ce que tu as vu et que tu rapportes tout ce que je t'ai dit. Fais de moi une légende en ce monde! Parle à tout le monde de ma grandeur et de ma magnificence! Considère-toi comme privilégié, Béorf Bromanson, d'avoir pu côtoyer un dragon de si près sans perdre la vie. Allez! au revoir, jeune ours! Le nouveau maître du monde te salue!

Kur avala une dernière pierre puis déploya ses ailes. Dans un mouvement aussi furieux que délicat, le dragon s'éleva dans les airs. En quelques coups de ses puissantes ailes, il disparut dans les nuages en laissant Béorf, assommé par ce qu'il venait d'entendre, seul aux abords du désert.

Quand le jeune hommanimal retrouva ses esprits, la nuit était tombée. Béorf avait la forte impression d'avoir rêvé cette incroyable aventure. Comme un cauchemar qui ne laisse que de vagues images. Rapidement, le béorite se transforma en ours et courut vers le camp de Junos. Il se doutait bien que les hommes de Berrion n'y seraient plus. Peut-être les trouverait-il tous morts, carbonisés par le souffle du dragon. Peu lui importait! Il se devait d'aller voir, de se convaincre que Lolya s'était bel et bien transformée en dragon et que tout ceci n'était pas un rêve.

Au campement, il n'y avait plus âme qui vive. Des tentes et une charrette, voilà tout ce qui restait. Béorf vit, par terre, le corps de cinq chevaliers. Les armures, les armes et tout le matériel de voyage gisaient sur le sol dans un effroyable désordre. Il y avait effectivement eu une bataille ici, mais pas avec un dragon. En observant les plaies d'un des chevaliers morts, le gros garçon reconnut la signature de Yaune. Il avait eu, lui aussi, les mêmes entailles infectées par le poison. Il était maintenant évident pour Béorf que Yaune avait attaqué le camp, tué quelques hommes et fait prisonnier le reste de la troupe. Le corps d'Amos avait aussi disparu. Nul doute que le Purificateur avait continué le voyage vers la pyramide du désert de Mahikui.

Rapidement, l'ours tourna les talons et courut à toute vitesse vers le village. Il se rappela que Lolya avait dit que celui-ci se trouvait à environ une heure de marche de l'endroit où avait été monté le camp. Ce n'était donc pas très loin. Cependant, lorsque Béorf arriva au village, il était malheureusement trop tard. Kur était passé bien avant lui et avait fait de l'endroit la macabre célébration de sa renaissance. Les maisons, brûlées de la cave au grenier, étaient encore fumantes. Des corps d'hommes et de femmes, à moitié calcinés ou dévorés, jonchaient le sol. Aucun enfant n'avait été épargné. Leur chair, plus tendre que celle des adultes, semblait avoir fait les délices de la bête.

Béorf, devenu humain, fouilla les décombres, mais sans succès. Il n'y avait aucun survivant. Même les animaux domestiques gisaient par terre, carbonisés. Le garçon se rendit au puits pour se désaltérer. Une soif tenace lui serrait la gorge. L'eau, contaminée, n'était plus bonne à boire. Décidément, le jeune béorite se trouvait dans un cul-de-sac. Deux possibilités s'offraient à lui. La première: rebrousser chemin et obéir à Kur en annonçant la renaissance des dragons et la fin du monde. La seconde: foncer à toute vapeur dans le désert pour essayer de trouver Junos, la pyramide et le corps d'Amos. Il lui faudrait aussi affronter Yaune encore une fois ou, pire, revoir ce maudit dragon.

Béorf soupira profondément, regarda le désert de sable qui s'étendait à perte de vue devant lui et dit tout haut en s'essuyant le front:

— Moi qui déteste la plage, me voilà servi!

Et le gros garçon, toujours assoiffé, se lança à quatre pattes dans le désert.

***

Depuis quelques jours, Yaune avançait dans le désert avec ses mercenaires et ses prisonniers.

Se reposant durant la journée et voyageant la nuit, le chevalier suivait à la lettre le plan que lui avait tracé Seth. Les hommes de Berrion et les Dogons n'avaient presque pas bu et rien mangé du tout depuis le jour de leur capture. Ils allaient à pied alors que leurs kidnappeurs montaient de solides chameaux. Lors de son passage dans le dernier village, à la porte du désert, Yaune avait troqué les chevaux contre ces bêtes plus adaptées aux conditions arides des lieux. Le sommet de la pyramide enfouie était maintenant en vue à l'horizon. Yaune fit venir Junos près de lui et lui demanda brutalement:

— Que faut-il faire avec le corps d'Amos lorsque nous serons à la pyramide?

— Je ne sais pas…, dit Junos, fatigué et assoiffé. Et même si je le savais, jamais je n'ouvrirais la bouche!

— Oh, tu parleras, vieux débris!… Tu parleras, j'en suis certain! répondit le chevalier en frappant Junos avec la semelle de ses bottes.

Yaune le Purificateur renvoya le seigneur de Berrion, puis sortit, de la sacoche de sa monture, une sphère que lui avait offerte Seth. D'une incroyable puissance, cet objet allait lui servir à contrôler son armée de spectres. Sa puissante magie soumettrait tous les revenants à ses moindres désirs. Yaune serait le maître incontesté et incontestable du monde.

Il embrassa tendrement la petite boule de cristal et la remit délicatement à sa place.

Lorsque, plusieurs heures plus tard, il arriva à la pyramide, le chevalier demanda qu'on lui amène de nouveau Junos. Celui-ci avait les lèvres séchées et la peau horriblement brûlée par le soleil. Il tomba à genoux aux pieds de Yaune le Purificateur.

— Dis-moi maintenant ce qu'il faut faire! cria ce dernier. Nous avons le corps d'Amos, la pyramide et le désert! Qu'est-ce qui nous manque?

— Je ne sais pas, Yaune, je ne sais rien…, dit Junos avec difficulté.

— Très bien, tu ne sais rien! Tu fais simplement ce voyage pour le plaisir, n'est-ce pas? Eh bien, je vais te faire parler! Je te le jure…

Le chevalier fit un signe à l'un de ses mercenaires. Celui-ci libéra un des hommes de Berrion et l'obligea à s'agenouiller devant Yaune, tout près de Junos. D'un coup d'épée, il lui trancha la tête, et cette dernière tomba dans le sable. Le seigneur versa une larme.

— Alors? reprit Yaune en essuyant le sang de son épée dans le sable. L'un de tes chevaliers vient de mourir à cause de toi! Sauveras-tu les autres? Tu parles et je leur laisse la vie sauve, tu te tais et je les décapite les uns après les autres…

Je répète donc ma question: dis-moi maintenant ce qu'il faut faire.

— C'est Lolya, dit Junos, la jeune reine des Dogons, qui connaît la façon d'ouvrir la porte... Moi, je...

— Et un autre qui mord la poussière! cria Yaune en regardant ses mercenaires.

— NON! hurla Junos avec force. Je vais te dire ce que je sais, tout ce que je sais...

— Bon, te voilà devenu plus raisonnable. fit le Purificateur en riant. Vas-y, je t'écoute!

— Bon... le baron Samedi, le guide spirituel de Lolya, nous a parlé... Il nous a dit de venir ici, dans ce désert... de... de trouver la pointe de la pyramide émergeant du sol. Lolya devait actionner le mécanisme d'ouverture d'une porte secrète... Là, au centre de la pyramide, nous devions déposer le corps d'Amos afin qu'il retrouve la vie et accomplisse sa mission... Nous avions deux mois pour réussir cette mission... Tout devait être en place pour la prochaine éclipse de soleil...

Soudain, une voix sortant de nulle part se fit entendre. Profonde et sombre, elle dit très clairement:

— Bien, Junos! Tu as bien appris ta leçon...

— QUI ES-TU? cria Yaune. Sors de ta cachette et cesse ce petit jeu!

— Tes désirs sont des ordres! répondit la voix.

Derrière la pointe de la pyramide, une ombre se leva. Grand et puissant, Kur le dragon surgit du sable. Les Dogons, en extase, se jetèrent par terre et commencèrent à prier avec ferveur. À genoux dans le sable, les bras au ciel, ils entamèrent un ancien chant religieux. Yaune et Junos se regardèrent avec incrédulité. Les mercenaires, complètement paniqués devant le monstre, détalèrent à toutes jambes. Kur prit une grande inspiration, puis, contractant son estomac, souffla de toutes ses forces dans leur direction. Les hommes s'enflammèrent d'un coup et s'écroulèrent aussitôt sur le sol, calcinés et fumants.

— En un souffle, je viens d'éliminer tes hommes, petit serviteur de Seth! dit Kur en regardant Yaune.

— Que me veux-tu, dragon? Quitte ce lieu ou tu subiras ma colère! menaça le chevalier après s'être éclairci la voix.

— Que tu es brave, petit serpent! répondit très calmement Kur. Ce que je veux?... C'est simple, je veux devenir le maître de ce monde, comme toi! Je sais que tu sers Seth, eh bien, moi, je sers le baron Samedi. Nous sommes deux serviteurs des dieux, et un seul d'entre nous survivra à cette rencontre. Tu veux entrer dans cette pyramide, eh bien, voilà, j'ouvre la porte…

À ce moment, trois énormes pierres se déplacèrent en laissant apparaître une porte dans la paroi.

— Mais pour y entrer, continua le dragon, il faudra que tu me tues.

— Seth n'appréciera pas cette intrusion dans ses affaires, déclara Yaune en serrant son épée entre ses mains.

— Le porteur de masques ne doit pas trouver la clé de Braha. S'il retrouve son corps et tombe dans le piège que toi et Seth lui avez tendu, tu dirigeras la plus grande armée de spectres que la Terre ait connue. Cela ne doit pas arriver, car le baron Samedi prépare la renaissance du règne des Anciens. Le monde sera à lui, pas à Seth !

— Vous avez bien joué votre jeu, toi et ton baron, répliqua Yaune. Maintenant, c'est l'heure de la vérité…

Pendant que les deux rivaux s'injuriaient, Junos avait rampé plus loin et réussi à détacher ses hommes. Les Dogons, quant à eux, priaient toujours avec la même frénésie. Junos prit rapidement le corps d'Amos sur ses épaules, puis fit un signe à ses soldats qui, aussitôt, sautèrent sur les chameaux et déguerpirent. L'attention du dragon fut attirée par toute cette agitation.

Le seigneur de Berrion en profita pour se lancer la tête la première dans l'ouverture de la pyramide en y entraînant le corps d'Amos. La porte se referma illico et Junos déboula dans l'obscurité un long escalier de pierre, sans lâcher la dépouille de son ami.

Après un bon nombre de culbutes, l'homme et le garçon atterrirent avec fracas dans une salle poussiéreuse et envahie par des centaines de toiles d'araignées. Junos, étendu sur le dos, souffrait le martyre. Il se palpa en respirant profondément. Ses craintes furent vite confirmées: il avait deux côtes et une jambe cassées. Dans la noirceur presque totale, le seigneur trouva, non sans peine, le corps d'Amos. Se parlant à lui-même, il murmura:

— Bon, voilà... le dragon ne viendra sûrement pas me chercher ici... Il... il est trop gros... La porte s'est refermée... Je pense que je n'ai... je n'ai plus rien à craindre... Je pense que... je pense... je...

Junos perdit connaissance avant d'avoir fini sa phrase. La fatigue du voyage, la faim, la soif, la douleur et l'intensité de ces dernières minutes avaient épuisé toute son énergie.

15
Le rapport de l'Ombre

Après quelques jours d'attente dans le repaire de la guilde des voleurs, Amos vit l'Ombre entrer dans ses appartements. Il avança lentement dans sa direction. Le corps de l'Ombre entra en contact avec celui du porteur de masques. Ce dernier comprit immédiatement que son vis-à-vis ne s'exprimait pas avec des mots ; il utilisait une autre forme de communication. L'Ombre fit encore un pas en avant et fusionna son organisme gazeux à l'anatomie d'Amos. À ce moment, tout devint parfaitement clair dans l'esprit du garçon.

L'Ombre avait fait son enquête au sein du palais de justice. En prenant la forme de l'un ou de l'autre des employés, d'un objet ou encore d'une statue, il avait entendu des conversations, épié les juges et compris la nature du complot ourdi contre Amos. Comme ce dernier l'avait déjà pressenti, il s'agissait d'une vaste machination dont il n'était que le pion. C'était Seth qui, désirant offrir une armée à Yaune le Purificateur pour conquérir le monde en son nom, avait échafaudé ce plan. Lorsqu'il avait enlevé Forsete, le dieu de la Justice, il savait que les portes de Braha se fermeraient.

Ganhaus, Uriel et Jerik faisaient également partie du complot. Seth espérait naïvement qu'Amos trouverait la clé de Braha et ouvrirait le passage entre les morts et les vivants. Mais Ganhaus, le magistrat, avait maintenant d'autres projets. Il voulait garder la clé de Braha pour lui et devenir une divinité. Voilà pourquoi Jerik suivait Amos pas à pas. Il avait pour mission d'informer Ganhaus de ses moindres déplacements et d'orienter le garçon vers la clé de Braha dès que Forsete, soumis à la torture du dieu serpent, parlerait. Au moment opportun, Uriel l'assassin se serait débarrassé d'Amos pour amener la pomme de lumière, la clé de Braha, à son frère.

Dans toute cette machination où chacun des protagonistes travaillait pour ses propres intérêts, une autre intrigue avait vu le jour. Ce que le dieu serpent n'avait pas prévu non plus, c'est que le baron Samedi, désirant depuis des centaines d'années rétablir l'ordre des dragons sur la Terre, se servirait du plan de Seth à ses propres fins. Depuis la disparition des dragons, le baron accomplissait des tâches divines simples et sans éclat. Les dieux du bien, par pitié, l'avaient consigné à l'administration des différents cimetières du monde et à la gestion des arrivées des morts à Braha. Le dieu déchu avait aidé Seth dans son plan pour faire venir Amos dans la cité des morts. Le baron avait besoin de temps avant la naissance de Kur, le premier de ses nouveaux dragons. Il comptait, en réalité, sur l'échec d'Amos pour se débarrasser de lui. C'était d'une pierre, trois coups! Il éliminait le porteur de masques en le laissant pourrir dans Braha, envoyait Kur tuer Yaune le Purificateur, le serviteur de Seth sur la Terre, et faisait renaître une nouvelle menace sur le monde. La guerre des dieux était aussi une guerre entre les divinités du mal.

Ayant maintenant terminé son rapport, l'Ombre détacha son corps de celui d'Amos. Arkillon, l'elfe noir, entra à ce moment dans la pièce.

— Alors, es-tu content du travail de l'Ombre? demanda-t-il au jeune garçon.

— Oui, je suis très content. Mais explique-moi, Arkillon : pourquoi les dieux ne s'affrontent-ils pas directement? Pourquoi doivent-ils toujours avoir recours aux êtres terrestres?

— Simple, mon ami! s'exclama l'elfe en riant. Parce qu'ils sont immortels! Pour eux, un affrontement direct ne signifie pas grand-chose.

Ils ne gagneraient rien à se combattre parce qu'ils sont indestructibles. Pour eux, la Terre est un immense jeu d'échecs où ils jouent une partie sans merci. Ils créent les règles au fil de la partie et chacun désire en sortir vainqueur. D'un côté, il y a le bien, de l'autre, le mal et, entre les deux, sur l'échiquier, il y a nous. Nous les elfes, vous les humains et aussi les dragons, les nains, les gobelins, les fées et toutes les autres créatures de ce monde. Nous sommes tous là à jouer leur jeu, à mener leurs combats, à sacrifier nos vies comme des pions. Ta mission en tant que porteur de masques ne consiste pas à faire gagner l'un ou l'autre ; ta mission, c'est d'arrêter la partie pour que le monde vive en paix !

— Oui… je vois très bien ce que tu veux dire, répondit Amos en appuyant sur chacun de ses mots. Je crois savoir comment rétablir la situation et arrêter cette partie maudite ! Il me faudra de l'aide, j'ai un plan. M'aiderez-vous ?

Arkillon eut un large sourire.

— L'Ombre et moi attendions depuis longtemps un peu de distraction. Ougocil sera également ravi de nous donner un coup de main.

— Approchez-vous, mes amis. Voilà ce que nous allons faire…, commença fièrement Amos.

Pas mal ! se dit Amos. Il me reste une
re affaire à régler ! »

porteur de masques se dirigea vers la
hantait Vincenc, le grand squelette de
mètres. Arrivé là, il sortit la bourse que
it remise Jerik et la lança au géant en
:

Prenez, mon ami, voilà de quoi racheter
à ce professeur d'anatomie ! J'espère que
croiserez bientôt !

squelette, sautant de joie, remercia
nt le garçon et courut vers sa demeure
cacher l'argent. Amos, content de lui, se
s mains en riant. Alors qu'il se retour-
ur prendre la direction du repaire des
il se trouva face à face avec un mur.
nt autour de lui, le jeune garçon vit
ville entière avait disparu. En reculant
il comprit qu'il se trouvait maintenant
de la grande pyramide de Braha.
nt s'était-il rendu là ? En un clin d'œil,
assé de la ville à la pyramide. C'était à
comprendre !

lain, devant ses yeux, une puissante
vint découper la roche devant lui pour
ne porte. De cette porte sortit un ange
ue. Il avait de très longs cheveux
es yeux verts lumineux, de puissantes
ches et un plastron d'armure recouvert

***

Jerik arriva précipitamment au lieu du
rendez-vous. Amos l'attendait près d'un grand
monastère, juste à côté de la place publique
déserte. Le secrétaire dit nerveusement :

— Mais où étiez-vous ?… Tout le monde
vous cherche… disons… depuis quelques
jours… Nous… comment dire ?… nous étions
très inquiets. Un elfe noir est… est venu me
voir pour me dire que vous m'attendiez ici…
Mais que se passe-t-il ?

Amos, très calmement, demanda :

— As-tu les dix pièces d'or que l'elfe t'a
demandé d'amener ?

— Oui… oui… mais, j'aimerais comprendre… disons…, répondit Jerik en lui tendant
la bourse. En quoi… ces dix… en quoi cet
argent peut-il vous aider ?

— Merci, fit Amos en souriant. Tu m'as
trahi, Jerik. Je connais toute l'histoire maintenant. Je sais que la clé de Braha est une
pomme de lumière, je sais que Ganhaus la veut
pour lui, je connais les plans de Seth et je sais
aussi qu'Uriel attend le moment opportun pour
me lancer dans le Styx et m'éliminer. Malheureusement pour toi, tout se termine ici !

— Mais… mais… comment vous
pouvez ?… balbutia Jerik.

À ce moment, l'Ombre prit la forme du secrétaire. Il était parfaitement identique et tenait, comme lui, sa tête sous son bras.

— Mais qu'est-ce que… qu'est-ce c'est? demanda anxieusement Jerik.

— C'est maintenant à moi de jouer! répondit Amos. Désolé, mais ton rôle dans cette partie est terminé!

Amos prit son élan et, d'un puissant coup de pied, botta dans la tête de Jerik. Celle-ci vola dans les airs et retomba au centre de la place. Le secrétaire, affolé, cria:

— Mais… que se passe-t-il?… Pourquoi?…

— Fais bien attention aux morsures! lança Amos en rigolant.

À cet instant précis, trois chiens noirs à l'allure féroce et aux dents acérées se matérialisèrent sur la place. Amos connaissait cet endroit. C'est là qu'il s'était fait poursuivre, quelque temps auparavant, par ces trois profanateurs de tombe transformés en gardiens à la suite de la malédiction d'un moine. Jerik n'eut pas le temps de prononcer un seul mot que sa tête volait déjà, comme un ballon, entre les pattes de l'un et les crocs de l'autre. Amos se retourna vers l'Ombre et dit:

— Maintenant que tu as l'apparence de Jerik, va au palais et essaye de savoir où se trouve l'arbre de vie de Braha. Seth a sûrement

dû faire parler Forsete, le
C'est Jerik qui devait m'ori
Braha. Reviens avec ces in
présent, j'ai autre chose à

L'Ombre quitta immé
Amos, saisissant par la ma
de Jerik, prit aussitôt la dir
avait rencontré Angess. Sa
du secrétaire suivit le ga
Sur le même banc, Ange
Peten, son amoureux. Ell
de son père qui lui travers
désespérément de tous le
était palpable et ses yeu
Amos, tenant toujours
s'approcha d'elle et lui d

— Voici Peten, ch
retrouvé pour vous. L'a
votre séparation et l'id
revoir lui ont fait per
bien lui, je vous l'assur

— Peten! Peten! s'
sant de joie, te voila
homme, merci pour
maintenant libre et
Merci encore!

Angess saisit tend
et disparut dans le pa
couvrant de baisers.

«
dern
L
rue
deux
lui a
disan

—
vos os
vous

Le
vivem
pour y
frotta
nait p
voleur
Regard
que la
un peu
au pie
Comm
il était
n'y rien

Sou
lumière
former
magnif
blonds,
ailes bla

d'or et de pierres précieuses. Sa peau était blanche comme la neige, ses dents parfaitement droites, et son visage n'avait aucune ride. Il était plus grand que le squelette de Vincenc, et ses muscles semblaient surdimensionnés. À la ceinture, il portait une grande épée en cristal. Devant ce personnage éclatant de force et de vigueur, de puissance et de pouvoir, Amos recula de quelques pas. L'ange se planta devant le garçon et lui dit:

— C'est toi qui cherches la clé de Braha?

— Oui, répondit poliment Amos, c'est moi.

— Eh bien, te voici à la porte qui mène à l'arbre de la vie, poursuivit le guerrier céleste.

— Comment ai-je fait pour venir jusqu'ici? demanda timidement le garçon.

— Pour arriver jusqu'à cette porte, il n'y a pas de chemin ni de route ni de sentier. On n'y arrive que si on le mérite. Il faut d'abord vouloir trouver l'arbre de vie. Ensuite, il faut faire trois bonnes actions, des actions significatives qui procurent la paix et le bonheur aux âmes en détresse. Tu as donné aux chiens du monastère la tête d'un vilain personnage, d'un traître qui méritait bien cette punition. De ce fait, tu as libéré les trois hommes de leur malédiction. Pour trouver le repos, ils devaient punir un autre voleur pour ses mauvaises actions. Grâce à toi, ils reposent maintenant en paix. Tu as aussi trouvé un Peten pour Angess et elle est maintenant heureuse. C'est ta dernière action généreuse envers Vincenc qui t'a propulsé ici, devant moi. Par ta générosité et ton désir de venir en aide aux autres, tu as toi-même trouvé la route qui mène à la divinité.

— Merci bien, mais… que… que dois-je faire maintenant pour entrer?

— Ton corps est déjà dans la pyramide, répondit l'ange. Techniquement, tu es déjà entré. Pour te redonner vie maintenant, je dois te poser trois énigmes. Trois questions qui auront pour but d'évaluer ta sagesse et ton esprit. Une seule mauvaise réponse constituera ton billet de retour à Braha. Il te sera alors impossible de revenir devant moi. On n'a qu'une chance de devenir un dieu! Si tu réussis, ton corps te sera rendu et tu devras affronter un autre gardien. Celui-là est un puissant démon qui garde jalousement l'arbre de vie. Il t'imposera lui aussi une épreuve.

— Très bien, fit Amos. Une chose à la fois! Posez vos questions, je suis prêt.

— Voici la première : qui embrasse le monde entier et ne rencontre personne qui lui ressemble?

Amos prit quelques secondes pour réfléchir et répondit :

— C'est le soleil! Il embrasse le monde entier et ne rencontre personne qui lui ressemble.

— Bonne réponse! s'exclama le gardien. Tu es véritablement de la trempe des dieux, jeune homme. Ma deuxième question maintenant: qui est celle qui nourrit ses petits enfants et avale les grands?

— Il s'agit de la mer, dit Amos, certain de lui. Elle nourrit les hommes et avale les grands fleuves.

— Bravo! Encore une fois, tu me surprends, déclara admirativement l'ange. Ma dernière question: quel est l'arbre à demi noir et à demi blanc?

Amos se mit à réfléchir sérieusement. Il savait que, dans ce type d'énigme, l'arbre devait sûrement être une métaphore de la vie. Un symbole quelconque. Il pensa à l'arbre de la vie, à l'immortalité et à sa mission de porteur de masques, puis finalement répondit:

— L'arbre qui est à demi noir et à demi blanc est l'âme humaine. Il pousse dans tous les hommes et possède, comme les jours qui passent et se succèdent, un côté blanc relié au bien et un côté noir relié au mal.

— Ta première épreuve est réussie, répondit l'ange. Entre. Je vais réunir ton âme et ton corps afin qu'ils ne forment maintenant plus qu'un.

16
La faim de Béorf

Béorf avait couru sans relâche dans le désert. Il était assoiffé, mais surtout affamé. Les béorites sont une race d'hommanimaux incapables de supporter la faim. Privés de nourriture, ils deviennent violents et déprimés, à tel point qu'ils peuvent en arriver à ingurgiter tout ce qui se présente à eux. Ainsi, surmontant son dégoût, Béorf avait déjà avalé deux petits lézards vivants et failli gober un scorpion tout rond. L'animal avait été plus rapide que lui et s'était enfui. Dans ce désert de roche et de sable, il n'y avait rien à manger. Pas une plante et pas une seule oasis, seulement des dunes et des amoncellements de pierres.

Le béorite humait le doux parfum des marrons chauds et du potage de légumes. Dans ses narines, des arômes de cannelle, de menthe et de romarin venaient se mêler aux effluves provenant des macérations de fruits. Une odeur enivrante dominait cependant le tout:

celle de la viande grillée ! Béorf l'imaginait bien juteuse et juste cuite à point. Étourdi par cette délicieuse agression de ses sens, il chancela et tomba face contre terre. Il avait tellement faim ! Rassemblant ses forces, il entreprit sa montée de la dune vers le banquet. Ce n'est qu'au prix d'extraordinaires efforts qu'il arriva enfin en haut de la colline de sable. Devant la table, l'hommanimal poussa un cri de contentement et se jeta la tête la première sur une juteuse pièce de viande.

Pendant qu'il mangeait, Béorf observa, tout près de lui, le combat opposant Kur et Yaune le Purificateur. C'était un spectacle grandiose.

Aux abords de la pyramide enfouie de Mahikui, les deux combattants, nourris par la puissance de leur dieu, se battaient avec une ardeur dévastatrice. Yaune, brandissant son épée, n'était plus qu'un corps calciné. Sa peau, complètement brûlée, laissait entrevoir son squelette. Il avait les muscles déchirés et ne portait plus que quelques pièces de son armure. Sa tête, sans cheveux ni barbe, était horrible à voir. Seul son œil de reptile, cadeau de Seth, était encore bien ouvert et intact.

Malgré son pitoyable état, Yaune attaquait férocement le dragon. Le monstre avait beau cracher son feu sur le chevalier, rien ne semblait réussir à le faire plier. Kur recevait de puissants coups d'épée qui lui déchiraient un bon nombre d'écailles. La bête était couverte de plaies, et un épais sang noir s'échappait de ses blessures. Sans jamais interrompre ses attaques, Kur enchaînait coups de queue et coups de gueule à une incroyable vitesse. Le chevalier bloquait, parait, tombait parfois, mais toujours il parvenait à toucher l'animal avec son épée.

Il arrivait parfois que les deux protagonistes s'écartent l'un de l'autre pour reprendre leur souffle et leurs forces. Kur, d'un coup d'aile, s'éloignait du chevalier pour atterrir un peu plus loin. La bête se penchait et avalait une énorme quantité de pierres phosphoriques. Yaune en profitait pour récupérer quelques pièces de son armure et essayait ensuite de les fixer sur son corps. Le dragon terminait sa pause en léchant un peu ses plaies. Soulagée momentanément de ses douleurs, la bête de feu revenait à l'attaque. Yaune dégainait son épée et fonçait sur le monstre.

Le chevalier savait que tous les dragons avaient un point sensible, une sorte de brèche dans leur cuirasse. C'était l'unique endroit de leur corps où il manquait une écaille. Il suffisait d'y planter une arme tranchante pour tuer instantanément l'animal. Son emplacement variant d'un dragon à l'autre, il pouvait aussi bien se trouver sous la queue, derrière la tête, au coude ou encore dans le dos de la bête. C'était le plus grand secret d'un dragon et jamais celui-ci n'aurait dévoilé sa faiblesse à quiconque.

Yaune cherchait ce fameux point et lacérait, à grands coups d'épée, le corps de Kur. Il frappait les jambes, les orteils, le cou et les bras du monstre en espérant tomber par hasard sur ce fameux talon d'Achille. Le chevalier, maintenant investi de la puissance de Seth, savait que jamais il n'arriverait à terrasser seul le dragon. Son épée, bien qu'empoisonnée, avait très peu d'effets sur la créature. Étant donné que le sang noir des dragons était un poison encore plus puissant que celui de son arme, ce dernier était littéralement noyé dans l'organisme de la bête.

De son côté, Kur savait aussi que le chevalier était maintenant indestructible. Ce n'était plus un homme qui se battait, mais une liche. Ce type de morts vivants se voyait doté d'un incommensurable pouvoir. Représentant d'un dieu sur la Terre, la liche était insensible aux attaques des éléments. Le feu de Kur, aussi brûlant qu'il pût être, ne pourrait en aucun cas venir à bout de Yaune. Le chevalier avait été investi d'un nouveau pouvoir par son dieu et aucun coup de patte, de griffes ou de queue ne pourrait plus l'abattre. Seule la magie d'un très puissant sorcier pouvait désormais l'arrêter ou lui faire du mal.

Les deux adversaires, conscients de leur invulnérabilité, continuaient quand même le combat avec frénésie. L'affrontement n'était plus celui d'un dragon et d'un chevalier, mais bien celui de Seth et du baron Samedi. Les dieux se mesuraient par l'intermédiaire de leurs créatures, et chacun espérait profiter d'une faiblesse de l'autre pour en finir. Les divinités jouaient, dans ce désert, l'avenir du monde. Le nouvel ordre serait laissé aux dragons ou aux spectres. Les hommes et toutes les créatures de la Terre deviendraient les esclaves des Anciens ou joindraient, dans la mort, l'armée de la liche. Dans le feu et le sang, les deux serviteurs se frappaient sans merci au nom du mal.

Béorf, toujours en train de manger, regardait ce spectacle avec stupéfaction. Jamais il n'avait vu un tel déploiement de force et de brutalité dans un combat. Kur crachait férocement son feu sur Yaune et celui-ci, malgré ses brûlures, frappait le dragon de toutes ses forces, mais n'arrivait qu'à l'entailler légèrement. C'était un combat grandiose, digne des plus grandes batailles de ce monde.

Sa faim apaisée, l'hommanimal retrouva ses esprits et se demanda tout à coup ce que cette table, remplie de victuailles, pouvait bien faire au milieu du désert et juste à côté d'un affrontement aussi sanglant. il regarda autour de lui pour finalement s'apercevoir qu'il n'y avait pas de table, pas de nourriture et pas de banquet. Aucune trace de chandelles, de servantes, de potage ni de marrons chauds. Béorf était assis par terre et mangeait effectivement un morceau de viande. Il mâchait quelque chose, mais quoi? En baissant la tête, il constata avec effroi qu'il avait dévoré la cuisse d'un des mercenaires de Yaune le Purificateur, tué précédemment par le dragon. Voilà ce qui sentait si fortement la viande grillée! Voilà ce qui l'avait conduit jusqu'ici en provoquant ce mirage de banquet!

Son estomac, allié à son imagination, l'avait trahi. Béorf avait mangé de la chair humaine. Pour un hommanimal, ce crime contre nature avait des conséquences dramatiques. Il entraînait la perte presque instantanée de son humanité. Au contact de la viande d'homme, son métabolisme subissait un changement irréversible : le béorite serait désormais prisonnier de sa forme animale. L'accès à l'humanité lui serait dorénavant interdit. Béorf allait devenir un ours et plus jamais il ne marcherait sur deux jambes. Sa gorge se transformerait pour ne plus laisser passer que des grognements de bête. Pour lui, plus de maison, de lit ou de jeux entre amis. Il allait devoir chasser sa nourriture, combattre les autres ours pour se faire un territoire et toujours vivre avec la crainte des chasseurs. Il était maintenant trop tard pour revenir en arrière.

Béorf se mit à pleurer. Pendant qu'il déversait des flots de larmes, il sentit son poil pousser lentement. Contre sa volonté, sa tête et ses membres se transformèrent. Des griffes, maintenant permanentes, poussèrent au bout de ses doigts. Une gueule munie de solides crocs remplaça bien vite sa bouche. Deux oreilles rondes vinrent remplacer les anciennes. En quelques minutes, son corps avait changé du tout au tout.

Toujours assis devant le cadavre et hurlant son malheur, Béorf sentit sa conscience disparaître peu à peu. Il commença par oublier le visage de ses parents, sa chaumière dans les forêts de Bratel-la-Grande, puis sa rencontre avec Amos. Il oublia ses jeux d'enfant, Junos et la ville de Berrion. Sa dernière pensée fut pour Médousa, la jeune gorgone avec laquelle il avait jadis passé quelques jours dans la grotte de ses parents, lors de la conquête des terres des chevaliers de la lumière par le magicien Karmakas. Cette fille avait sacrifié sa vie pour lui. Une belle histoire qu'il allait complètement oublier et que personne, à part Amos, ne pourrait plus raconter. Tout devint noir dans son esprit.

Le jeune ours leva la tête et regarda autour de lui. Malgré sa faim et le morceau de viande qui gisait à ses pieds, l'animal prit peur. Le feu du dragon provoqua en lui une terrible frousse et il déguerpit dans les sables du désert. Béorf, ce gros garçon plein d'entrain, avait irrémédiablement et définitivement disparu.

Une éclipse de soleil vint alors plonger toute la contrée dans les ténèbres.

17
Le réveil d'Amos

Amos ouvrit subitement les yeux. Son corps avait maintenant récupéré son âme. Pour la première fois depuis longtemps, il avait la sensation de respirer pleinement. Son cœur battait à plein régime et son sang irriguait ses muscles. Incapable pour l'instant de bouger, le jeune garçon regarda autour de lui. L'ange l'avait averti qu'il ne devrait pas paniquer, que l'engourdissement de ses membres disparaîtrait après quelques minutes.

Le porteur de masques était couché sur une grande table de pierre au centre d'une pièce qu'il n'avait jamais vue. Des centaines de chandelles éclairaient les lieux. Les murs étaient peints de signes étranges représentant la position des étoiles. Il y avait aussi des formules magiques, des hiéroglyphes et des textes rédigés dans une langue incompréhensible. Un faible rayon de lumière, d'un diamètre égal à celui d'une pièce de monnaie, entrait par un trou taillé dans la pierre du plafond. Ce faisceau lumineux frappait un des murs très précisément sur un dessin représentant une lune. Amos, se sentant maintenant plus fort, réussit à s'asseoir sur la table.

À ses pieds, le garçon vit un homme allongé par terre. Ensanglanté, il semblait respirer difficilement. Amos reconnut aussitôt son ami Junos. Il s'accroupit et écouta son cœur. Celui-ci battait encore, mais... faiblement. Le jeune porteur de masques lui souleva la tête et essaya de lui faire reprendre conscience :

— Junos, c'est moi... c'est Amos... Reviens à toi, Junos...

— Amos ? dit le seigneur de Berrion en ouvrant péniblement les yeux. Eh bien..., continua-t-il en toussant, je suis content de voir que tu vas bien. Tu ne me croiras pas mais... j'ai vu des anges... de vrais anges... Ils ont allumé les chandelles et ensuite... ils ont pris ton corps à côté du mien... puis... puis... puis j'ai vu ton âme voler et réintégrer... ton... ton corps. C'était tellement beau !

— Je te crois, Junos ! répliqua le garçon en souriant. Si tu savais tout ce que j'ai moi-même vu, tu trouverais tes anges bien ordinaires !

— Ah..., soupira le seigneur. J'aimerais bien entendre cette histoire-là, mais... mais je pense ne pas avoir assez de temps devant moi.

— Que s'est-il passé? demanda Amos, inquiet. Qui t'a mis dans cet état?

— Ce serait… ce serait beaucoup trop long à t'expliquer, répondit Junos en respirant difficilement. Je pense que mon temps arrive… je pense que ce sera bientôt la fin pour moi…

— Dis-moi comment te sortir d'ici! lança Amos. Nous trouverons quelqu'un pour te soigner!

— Je ne sortirai pas d'ici… je le sais! reprit Junos en crachant maintenant de gros caillots de sang. Dehors, il y a un énorme dragon noir et un chevalier fou. Laisse-moi… Fais ce que tu as à faire et ne t'occupe pas de moi. Tu m'as déjà sauvé une fois… dans le bois de Tarkasis… mais cette fois, j'ai mon compte!

— Je ne te laisserai pas, Junos!

— Écoute, jeune homme…, dit lentement Junos avec une certaine sévérité dans la voix. Moi et mes hommes, nous… nous t'avons amené ici pour que tu accomplisses ta mission… Ne me déçois pas, ne nous déçois pas! Plusieurs d'entre nous ont perdu la vie… dans… dans cette aventure. Sois digne de notre confiance et va terminer ta tâche… Je suis avec toi, nous sommes tous avec toi. Pars! Pars… vite!

À ce moment, Junos ferma les yeux. Amos se pencha sur sa poitrine et constata que le cœur du seigneur de Berrion avait cessé de battre. Il essuya une larme au coin de son œil et se dit:

« J'en ai assez! Je suis fatigué de ces jeux, de ces tromperies et de toute cette souffrance. Est-ce vraiment aux humains et à toutes les autres créatures terrestres de payer aussi chèrement le prix d'une guerre entre les dieux? Je suis fatigué d'être une marionnette qu'on manipule à volonté!»

Se tournant vers la dépouille de son vieil ami, il poursuivit à haute voix:

— Je jure, Junos, de te sauver encore une fois. Je vais tout recommencer à zéro et c'est moi ensuite, dans cette aventure, qui tirerai les ficelles. À bientôt, mon ami! Nous nous reverrons très vite!

Regardant autour de lui, Amos vit le rayon de lumière qui traversait la pièce s'affaiblir peu à peu pour ensuite disparaître complètement. À l'extérieur de la pyramide, l'éclipse de soleil était à son apogée. La disparition de ce rayon de lumière eut pour effet d'ouvrir une porte dans un des murs. Les lourdes pierres taillées se déplacèrent en dégageant un autre escalier plongeant davantage dans les profondeurs du bâtiment. Amos saisit quelques chandelles et s'approcha des marches. Des centaines de toiles d'araignées, épaisses et compactes, cachaient la descente.

Comme il avait retrouvé son corps, Amos pouvait maintenant utiliser ses pouvoirs de porteur de masques. Il se concentra et tendit la main vers l'escalier. Immédiatement, un fort vent, prenant naissance entre ses doigts, se mit à souffler avec puissance. Poussées par ce courant d'air, les toiles d'araignées s'envolèrent en dégageant complètement le passage. S'éclairant avec les chandelles, Amos s'engagea dans le long couloir.

Les murs qui encadraient l'escalier suintaient abondamment. Une odeur âcre vint rapidement saisir le jeune garçon. La puanteur l'obligea à se boucher le nez. Une multitude d'araignées se promenaient sur les pierres autour de lui. De toute évidence, personne n'avait emprunté ce passage depuis bien longtemps. Amos descendit pendant près de vingt minutes cet escalier en colimaçon. En s'enfonçant de plus en plus profondément au cœur de la pyramide, il eut une pensée pour l'Ombre, Arkillon et Ougocil. Ils devaient sans nul doute se demander ce qui lui était arrivé. Amos avait demandé à l'Ombre de continuer son enquête au palais de justice. Jamais il n'entendrait son rapport. L'elfe noir et le gros barbare avaient mis au point un plan pour éliminer Uriel et son frère, le magistrat Ganhaus. Le porteur de masques avait trouvé à Braha de véritables amis prêts à l'aider, et le fait de ne pouvoir communiquer avec eux le torturait. Il aurait aimé leur envoyer un message, leur dire qu'il allait bien. Amos était maintenant de retour dans le monde des vivants, complètement coupé de la cité des morts.

L'escalier s'arrêta bientôt en face d'une porte en arche qui donnait sur une grande pièce vide. Dès qu'Amos passa l'entrée, quatre flambeaux s'enflammèrent aux quatre coins de la pièce en éclairant les lieux. Le jeune garçon vit alors, assis sur une chaise, devant une énorme porte de métal, une étrange créature qui aussitôt se leva. Le monstre avait une tête de chèvre couronnée d'une longue crinière de poils drus et sales, et surmontée de très longues cornes semblables à celles d'une antilope. Son long corps était gris, poilu, filiforme et bossu. Ses pieds se terminaient par de puissants sabots de cheval. Torse nu, il portait une culotte de métal rappelant une armure de chevalier. Cet unique vêtement réfléchissait la lumière des flambeaux en répandant des reflets rouges dans toute la pièce. Autour de son cou pendait une clé en or de bonne taille et finement forgée dans un métal argenté très brillant.

La créature alla lentement chercher une grande faux qui était posée contre le mur, puis elle vint se poster au centre de la pièce. Amos recula de quelques pas. Ne sachant pas à quoi s'attendre, il regardait sagement la scène en essayant d'analyser chaque détail. Le monstre se plaça en position de combat et dit, d'une voix éraillée ressemblant vaguement à un bêlement de mouton :

— Je suis le Fougre, gardien de la porte. Celui qui veut devenir un dieu doit d'abord me vaincre. Prépare-toi à mourir, jeune homme !

De toute évidence, Amos ne serait pas capable de vaincre un tel ennemi. Ses pouvoirs se limitaient essentiellement au contrôle de l'air. Trop faible pour créer une tornade ou une très forte bourrasque, les chances qu'il vainque le Fougre semblaient bien minces. Seules sa ruse et sa vivacité d'esprit pourraient le sauver. Amos s'avança et déclara très solennellement :

— Nous combattrons l'un contre l'autre, mais plus tard ! Je dois d'abord m'assurer que tu es véritablement le gardien de l'arbre de vie.

— Je le suis, répondit la bête, légèrement agacée. Je n'ai pas de preuves à te donner, sinon cette clé. J'ai été choisi par le grand conseil des six enfers pour garder la porte. Tu as vaincu l'ange, le premier gardien. Maintenant tu dois m'abattre pour réclamer ton droit à la divinité. J'attends d'accomplir ma tâche depuis des siècles. En garde !

— Si tu attends depuis des siècles, tu attendras encore quelques minutes, répliqua Amos d'une voix qui trahissait sa nervosité. Je veux m'assurer que la clé que tu portes est la bonne. J'ai passé tellement d'épreuves, entendu tant de mensonges que, maintenant, je suis méfiant.

— Je ne te donnerai la clé qu'une fois mort ! lança le Fougre, en colère. Prépare-toi à mourir !

— Arrête de me menacer et écoute ! lui ordonna Amos en faisant de son mieux pour cacher son anxiété. J'exige de savoir si c'est la bonne clé et si tu es bien le véritable gardien de ces lieux. Je ne peux pas m'enfuir, tu le vois bien ! Tu me rattraperais facilement dans l'escalier. Je n'ai qu'une parole et tu peux avoir confiance en moi. Attends, je te propose un marché…

Amos prit une des chandelles qu'il tenait encore à la main et la fixa sur le sol, bien droite, juste devant lui.

— Écoute ma proposition, continua-t-il. Tu me donnes la clé pour que je puisse vérifier si c'est la bonne. Quand cette chandelle se sera éteinte d'elle-même, je te rendrai la clé et nous nous battrons.

— D'accord, grogna le gardien en retirant la clé de son cou. Je te la laisse le temps que la chandelle se consume.

— Moi, je n'ai qu'une parole, dit Amos en espérant que sa ruse allait fonctionner. Je jure devant les dieux de te rendre la clé et de me battre avec toi dès que la chandelle se sera éteinte d'elle-même. Jures-tu de respecter notre accord ?

— Je le jure, répondit le Fougre. Je jure devant les rois des enfers et la puissance des ténèbres de te laisser la clé jusqu'à ce que la chandelle se soit éteinte d'elle-même. Je jure aussi de te tuer ensuite !

— Pour la suite nous verrons bien. Donne-moi cette clé maintenant.

Le gardien sourit d'une monstrueuse façon. Après tout, ce gamin disait vrai. Il était impossible pour lui de fuir et l'affrontement serait inévitable. De toute façon, le Fougre attendait ce moment depuis déjà si longtemps que quelques minutes de plus ou de moins ne faisaient pas une grosse différence. La créature avait décelé dans la voix d'Amos de la nervosité et beaucoup d'effroi. Ce garçon manquait de confiance et se savait sans nul doute condamné à mort. Dans ces conditions, pourquoi ne pas faire durer le plaisir et s'amuser de ses fantaisies avant de lui trancher la tête ? Confiant, le gardien lui tendit la clé.

Amos la prit et la passa autour de son cou. Très calmement, il se pencha vers le sol et souffla sur la chandelle. Le Fougre demanda, intrigué et en colère :

— Mais que fais-tu là ? Tu n'as même pas regardé convenablement la clé !

— Je la garde, dit fermement Amos. Elle est maintenant à moi.

— Qu'est-ce que tu racontes ? Nous avions pris un accord. Tu gardes la clé tant et aussi longtemps que la chandelle ne s'éteint pas d'elle-même.

— Oui, mais je viens tout juste d'éteindre la chandelle. Elle ne s'est donc pas éteinte D'ELLE-MÊME, puisque c'est moi qui viens à l'instant de le faire.

— TU M'AS PIÉGÉ ! TU M'AS PIÉGÉ ! hurla le Fougre. JE VAIS TE TUER !

— Tu ne peux pas ! rétorqua courageusement Amos devant la menace. Tu as juré de me tuer une fois que je t'aurais rendu la clé. Je ne t'ai pas piégé, je t'ai vaincu ! J'ai la clé et ta promesse me protège de toi. Pousse-toi, je dois maintenant aller croquer une pomme de lumière !

— IL N'EN EST PAS QUESTION ! hurla le monstre. Je ne vais certainement pas renoncer maintenant à mener à bien ma mission. J'ai attendu trop longtemps le jour où quelqu'un aurait la force et le courage d'arriver jusqu'à moi. Je vais te couper la tête et te réduire en pièces.

Le Fougre leva sa faux. Comme la lame allait s'abattre avec violence sur le jeune garçon, le gardien se transforma subitement en pierre. Pétrifié dans son mouvement, il était maintenant devenu une statue immobile. Amos avait eu raison, il l'avait bel et bien vaincu.

Le porteur de masques s'approcha de la porte de métal et se demanda comment elle pouvait s'ouvrir. Elle semblait lourde et très bien fixée au mur. D'imposants gonds la retenaient sur ses deux côtés. En son centre, une toute petite serrure constituait son unique décoration. Amos glissa la clé dans l'orifice et lui fit effectuer un tour complet. Il recula un peu. Dans la porte apparurent ces mots qui, ligne par ligne, défilèrent en lettres de feu sous ses yeux.

Celui qui meurt et revient à la vie
Celui qui vogue sur le Styx
et trouve son chemin
Celui qui répondra à l'ange
et vaincra le démon
Celui-là trouvera la clé de Braha.

La terre commença à trembler. S'amplifiant de plus en plus, la vibration se concentra autour de la pièce jusqu'à ce que les deux murs entourant la porte de métal explosent avec fracas. Des trombes d'eau déferlèrent alors dans la pièce. Dans la déflagration, Amos comprit le rôle de la fameuse porte. Elle l'avait protégé des éclats de rochers, de pierres et de briques. Maintenant, le garçon faisait face à un autre problème. L'eau montait rapidement dans la pièce qui, d'ici quelques secondes, serait complètement inondée. Il lui faudrait nager sous l'eau pour monter à la surface. Aurait-il assez de souffle? Amos savait nager, mais il n'avait jamais accompli de grands exploits dans ce domaine.

Promptement, le garçon se concentra. En levant un peu les bras, il créa autour de lui un courant d'air puissant qui repoussa légèrement l'eau, juste assez pour créer une bulle. L'air se trouva emprisonné autour de lui et continua à tourner. Ce mouvement dans l'eau rendit la paroi de la bulle plus solide. Elle était maintenant increvable. Amos, toujours très concentré, se sentit aussitôt bouger. Comme l'air, une fois libéré dans l'eau, retrouve toujours son chemin vers la surface, le porteur de masques sut qu'il serait bientôt sauvé. La bulle s'échappa rapidement de la salle et commença sa montée.

Regardant d'un côté et de l'autre, Amos vit des corps et des visages dans l'eau. Leur peau était verte et semblait gluante. Ces étranges créatures avaient toutes de longs cheveux bruns qui flottaient autour de leur tête en décrivant de lentes ondulations. Leurs yeux globuleux ressemblaient à ceux des grenouilles et leurs dents, pointues et très vertes, n'inspiraient aucune confiance. Il y en avait des centaines. Elles bougèrent lentement et regardèrent calmement Amos passer. Ce dernier, effrayé par ces êtres étranges, ferma les yeux pour rester le plus possible concentré. D'aucune façon, il n'aurait voulu que sa bulle crève. Il était hors de question de nager dans les mêmes eaux que ces monstres aquatiques. Comme Amos songeait à ces choses peu réjouissantes, il se sentit finalement émerger.

Ouvrant les yeux, il perdit sa concentration et se retrouva dans l'eau. Près de lui, il vit une petite île. Jamais de sa vie Amos n'avait-il nagé aussi vite pour atteindre un rivage. Le seul fait de penser que ces créatures vertes pouvaient à tout moment saisir un de ses pieds et l'entraîner vers le fond, lui donna la force et la vitesse d'un champion. Essoufflé et épuisé, le garçon mit le pied sur la petite île.

Retrouvant son souffle et ses esprits, il vit devant lui, au milieu de l'île, l'arbre de vie de

Braha. Ressemblant à un gigantesque baobab, cet arbre au tronc colossal et aux branches démesurément grandes, couvrait tout le ciel de son feuillage. Ses pommes de lumière formaient des constellations lumineuses et magnifiquement belles. Ce qu'Amos avait pris pour une île était en réalité l'arbre lui-même. Le porteur de masques se tenait debout sur ses racines.

En regardant vers le bas, il vit que celles-ci plongeaient profondément dans l'eau.

Les créatures vertes aux yeux globuleux nageaient sous l'arbre et le nourrissaient. Elles plongeaient à tour de rôle vers les profondeurs du bassin et ramenaient entre leurs mains une pâte épaisse. Elles enduisaient ensuite les racines de cette boue brune, probablement très riche en nutriments, puis redescendaient aussitôt. Ce va-et-vient constant, ordonné et harmonieux, apparut aux yeux d'Amos comme une danse merveilleusement bien chorégraphiée.

Le porteur de masques détacha ses yeux du spectacle et vit, à quelques pas devant lui, la Dame blanche. Il la reconnut immédiatement. Il l'avait déjà vue sous les traits d'une fillette et d'une vieille dame. Maintenant, c'était une femme d'une trentaine d'années, belle comme l'aurore, qui se tenait devant lui. Une robe blanche, chargée de lumière, flottait autour d'elle. Sa tête était ornée d'une couronne de plumes représentant un cygne. Aérienne dans ses mouvements, la Dame blanche s'approcha d'Amos et caressa ses longs cheveux. En souriant, elle dit :

— Amos Daragon, jeune porteur de masques, je ne m'attendais pas à te voir arriver si tôt en ces lieux. Je t'ai choisi pour tes qualités de cœur et je vois que je ne me suis pas trompée. Je suis la mère de tous les dieux et de toutes les créatures vivant sur la Terre. J'ai créé le monde et je t'ai choisi pour y rétablir l'équilibre. Tu es encore jeune et tu as encore beaucoup à apprendre. Les dieux, mes enfants, t'ont tendu un piège pour se débarrasser de toi. La Grande Guerre des divinités me chagrine, mais j'ai résolu de ne jamais intervenir directement dans la marche de mon monde. Je suis venue à toi pour te soutenir dans l'épreuve que tu vivras. Bientôt, tu croqueras la pomme de lumière et deviendras toi-même une de ces divinités. Cela entraînera un terrible bouleversement sur la Terre. Des millions d'hommes, de femmes et de créatures de toutes sortes périront. Le monde des vivants croisera celui des morts. Je lis en toi comme dans un livre ouvert et je connais tes intentions. Tu veux te servir de tes nouveaux pouvoirs divins pour rétablir la situation, mais tu dois savoir qu'il sera pour toi difficile d'exécuter ton plan. J'ai confiance en toi et mes pensées t'accompagneront. Ne renie pas ce que tu es pour le pouvoir et la puissance, pense toujours aux autres avant de penser à toi. Fais ce que tu dois et fais le bien. À bientôt, jeune porteur de masques.

Sur ces derniers mots, la Dame blanche disparut. Amos marcha lentement vers un des fruits de lumière. Il tendit la main pour cueillir la clé de Braha. Comme un cristal, le fruit était transparent et d'une extraordinaire luminosité. Le garçon l'approcha de sa bouche et y mordit à belles dents.

18
Dieu Daragon

Une terrible explosion vint secouer le désert de Mahikui. La pointe de la pyramide émergeant des sables fut instantanément soufflée par la déflagration. Un puissant rayon de lumière sortant du sol perça les nuages pour ensuite aller se perdre dans le cosmos. Des centaines de milliers de fantômes, de momies, de squelettes et autres revenants commencèrent à s'échapper du trou pour envahir la Terre. Yaune le Purificateur, toujours occupé à combattre Kur, leva la tête et hurla :

— MON ARMÉE EST ENFIN ARRIVÉE !

À ces mots, le dragon prit peur et voulut fuir. Mais il était trop tard pour la créature du baron Samedi. Tenant son orbe de pouvoir dans une main, Yaune, la liche, ordonna à ses soldats d'attaquer la bête de feu. Kur fut rapidement assailli par une horde de spectres qui, le frappant de tous les côtés, eurent vite fait de l'immobiliser au sol. Yaune demanda qu'on examine minutieusement le corps de la bête pour y trouver l'écaille manquante. On vint promptement l'informer de l'emplacement du point faible du dragon.

Le chevalier mort vivant, toujours investi de la puissance de Seth, monta sur la bête. Posant la pointe de son épée sur la nuque du monstre, il leva son bras en signe de victoire. Devant sa nouvelle armée qui grossissait à vue d'œil, Yaune déclara gravement :

— SETH ! NOUVEAU MONARQUE DU MONDE, VOICI MA PREMIÈRE OFFRANDE À TA GRANDEUR. LES ANCIENS NE RENAÎTRONT JAMAIS. QUE CE SACRIFICE MARQUE LE PREMIER JOUR DE TON RÈGNE ! TU AS VAINCU, PAR TA MALICE ET TON INTELLIGENCE, LE PANTHÉON DU BIEN ! QUE LES TÉNÈBRES ENVAHISSENT LA TERRE ! LE MONDE EST À MOI ! LE MONDE EST À NOUS !

Yaune enfonça violemment son épée dans la nuque du dragon. Kur poussa un cri retentissant dont les montagnes renvoyèrent l'écho sur toute la Terre. Les soldats du Purificateur unirent à ce moment leurs milliers de voix pour chanter, sur un air lugubre et terrifiant, un hymne à la mort. Le corps du dragon se décomposa rapidement et, bientôt, par la magie de la liche, son squelette prit vie. Yaune avait maintenant une monture digne de lui.

Chevauchant l'ossature du monstre, le serviteur de Seth s'éleva dans les airs. D'un mouvement de bras, il ordonna à ses troupes de former des rangs. Les revenants, de tous genres et de tout acabit, se placèrent les uns derrière les autres. En les survolant à très grande vitesse, le chevalier regarda avec satisfaction la plus grande armée du monde se mettre en branle. Une immense partie du désert était maintenant recouverte de ses soldats. Il y en avait partout! PARTOUT! Yaune, surexcité et habité par une démence sans mesure et sans limite, cria:

— EN MARCHE! LE MONDE EST À NOUS!

***

Amos s'éveilla dans une lumière blanche et reposante. Cette lumière émanait de son propre corps. Le garçon connaissait maintenant les secrets de la vie et de la mort, savait tout ce qu'il avait à savoir sur tous les sujets et disposait de pouvoirs dépassant l'entendement humain. La vie sur la Terre lui apparut soudain comme un infernal calvaire. Jamais il n'avait été aussi bien, aussi calme et aussi sûr de lui. Il était né de la race des insectes, d'une humanité misérable d'êtres rampants devant subir les intempéries, les affres de la faim et de la soif, connaître la peur, la joie, la misère et la mort. Amos appartenait maintenant au monde de l'invisible et de la permanence. Il faisait désormais partie d'un niveau de vie supérieur, capable de provoquer des éruptions volcaniques, de faire pousser les fleurs ou encore de créer, sur la Terre, sa propre race de créatures. En un clin d'œil, il avait accès au passé comme au futur. Il était plus fort qu'un dragon et plus sage que la sagesse elle-même.

Amos vit le destin du monde. Il regarda défiler devant ses yeux la quête grandiose de Yaune, la mort de million d'humains et le nouveau règne de Seth. Curieusement, il ne s'en soucia pas outre mesure. Le monde vivrait des milliers d'années dans les ténèbres avant de renaître à la lumière. Le jeune garçon le savait, ce n'était qu'une question de temps. Il essaierait de contrecarrer les plans de Seth pour se venger de lui. Il lèverait une grande armée du bien, composée de puissants chevaliers, afin de combattre ses spectres. Son destin lui apparaissait clairement maintenant. Il deviendrait le nouveau grand dieu de ce monde, et des millions de fidèles le prieraient tous les soirs.

Il y aurait des temples pour célébrer son culte et des hymnes pour glorifier sa puissance.

Béorf, Junos, ses parents, Frilla et Urban, n'avaient plus aucune place dans son esprit. Amos avait tout oublié de son humanité. Il ne songeait plus qu'à devenir la nouvelle lumière des hommes, l'étoile rayonnante qui les guiderait vers la paix.

Le garçon vit apparaître devant lui, dans l'espace blanc et immaculé qui l'entourait de toutes parts, un vieil homme. Il avait une longue barbe blanche tressée qui mesurait une dizaine de mètres. Ses cheveux, ramenés en un monumental chignon, semblaient aussi longs. Fortement ridé et voûté sous le poids des années, il tenait à la main un grand livre aux pages jaunies. Il s'installa en face d'Amos, ouvrit son livre et déclara d'un ton neutre et très formel :

— Bonjour, bon après-midi, bonne nuit, peu importe! Je suis ici pour vous informer des différentes clauses reliées à l'accession à la divinité. Veuillez ne pas m'interrompre pendant la lecture, vous garderez vos questions pour la fin.

Amos acquiesça d'un hochement de tête, et le vieillard poursuivit son monologue :

— Clause numéro un : Le nouveau dieu arrivant au panthéon des divinités de ce monde se verra dans l'obligation de prêter allégeance au bien ou au mal. Il pourra rester dans la neutralité un millénaire s'il le désire, mais sera tenu, au bout de ce délai, de m'informer de son orientation. Clause numéro deux: Le nouveau dieu se verra accorder le droit de créer une nouvelle race de mortels s'il le désire. Il pourra également choisir de courtiser une race déjà existante et n'ayant pas encore de dieu à glorifier. Il pourra voler des fidèles à d'autres dieux et ainsi unir plusieurs races de mortels dans son culte. Les moyens qu'il choisira pour arriver à ses fins restent et resteront toujours à sa discrétion. Je vous fournirai une liste des peuplades sans dieu. Je dois aussi vous informer que toutes les races d'elfes bénéficient d'un privilège et qu'il est formellement interdit de les imiter ou de s'en inspirer. Clause numéro trois: Le nouveau dieu prendra à sa charge une partie de ce monde en assurant son entière gestion. Toutes les mers et tous les grands lacs ayant déjà leur protecteur, le nouveau dieu se verra exclu, par ce fait, de tous pouvoirs reliés, d'une façon ou d'une autre, à l'eau. Je vous donnerai aussi une liste de domaines vacants qui, je l'espère, vous inspireront dans vos nouvelles fonctions. Avez-vous des questions? Sinon vous signez ici et nous passerons ensuite aux clauses reliées à votre immortalité.

À ce moment, Amos pensa aux paroles de la Dame blanche. Elle lui avait dit: «Ne renie pas ce que tu es pour le pouvoir et la puissance, pense toujours aux autres avant de penser à toi.» Le garçon, inspiré par ces mots, sut immédiatement ce qu'il avait à faire.

— Et si je ne signe pas? demanda-t-il calmement.

— Cela signifiera, répondit le vieillard, que vous refusez votre statut divin et vous serez renvoyé sur la Terre pour poursuivre votre vie comme simple mortel. Entre nous, jamais personne n'a refusé une telle offre, mais le choix vous appartient!

— Eh bien, fit Amos, je veux redevenir humain. Je sais maintenant comment rétablir l'équilibre du monde et comment corriger mes erreurs.

— Vous devez savoir, précisa le vieil homme, que dès que vous redeviendrez humain, vous oublierez tout de votre passage à Braha, de l'arbre de vie et de notre rencontre. Tout sera effacé de votre mémoire!

— Je prends le risque. Puis-je simplement vous demander un peu d'encre de votre plume?

Sans comprendre la raison de cette requête, le vieillard lui tendit son encrier. Amos en but alors la moitié. Après s'être gargarisé longuement, il recracha le liquide noir et dit:

— Je suis prêt! Je veux revenir sur la Terre exactement une semaine avant l'éclipse de lune qui aura lieu sur les contrées de Berrion. Est-ce possible?

— Vous êtes un dieu, ne l'oubliez pas. Tout vous est possible! Vous n'aurez qu'un seul problème en rentrant chez vous! Cette encre a méchamment taché vos dents et je doute qu'elles redeviennent blanches avant un sacré bout de temps! Enfin, c'est votre problème! Je vous laisse, j'ai autre chose à faire. Bonne chance, jeune homme! Quand vous serez prêt, fermez les yeux et faites votre souhait de redevenir humain. Les choses suivront leur cours. Adieu.

Le vieillard disparut bien vite dans la blancheur environnante. Amos ferma les yeux et dit à haute voix:

— Je veux me réveiller, à Berrion, le matin même de l'arrivée de Lolya chez Junos. Je veux me réveiller, à Berrion, le matin même de l'arrivée de Lolya chez Junos. Je veux me réveiller, à Berrion, le matin...

19
Le nouveau réveil

Par une fraîche matinée de septembre, Amos dormait paisiblement dans sa chambre lorsque Béorf entra en trombe. Visiblement énervé, le gros garçon dit :

— DEBOUT, AMOS ! Le seigneur Junos te demande dans la cour du château. Vite ! Dépêche-toi, c'est important !

À peine réveillé, Amos se leva et s'habilla à toute vitesse. Curieusement, il avait mal partout. Ses bras et ses jambes le faisaient terriblement souffrir. Il avait aussi l'impression d'avoir rêvé longuement, sans interruption pendant des semaines. Il peigna hâtivement ses longs cheveux, mit sa boucle d'oreille représentant une tête de loup et ajusta son armure de cuir noir, cadeau de sa mère. En sortant de sa chambre, le garçon s'arrêta net. Un fort pressentiment d'avoir déjà vécu cet instant l'assaillit.

« Je sors de ma chambre tous les matins, pensa-t-il, il n'y a rien de bien extraordinaire là-dedans. De plus, Junos est un lève-tôt et il me fait souvent sortir du lit en vitesse. Mais pourquoi ai-je donc cette nette impression, cette intuition que j'avance vers quelque chose de mauvais ? »

Le soleil venait à peine de se lever lorsque Amos arriva au lieu de rendez-vous, dans la cour intérieure du château. Tout le personnel y était rassemblé et attendait impatiemment le jeune porteur de masques. La foule, curieuse, décrivait un cercle autour de quelque chose ou de quelqu'un. Les cuisiniers discutaient entre eux, à voix basse, pendant que les gardes, les chevaliers et les archers du royaume se tenaient aux aguets. Les palefreniers semblaient hypnotisés et les servantes tremblaient en échangeant des regards angoissés. Encore une fois, Amos eut la certitude d'avoir déjà vécu cet instant. Il regardait les visages et les corps, la lumière qui prenait lentement possession des lieux. Peut-être avait-il vu tout cela en rêve. À ses oreilles arrivaient les mêmes discussions, et l'énergie de ce regroupement lui rappelait vaguement quelque chose. Mais quoi ? Il avait beau fouiller dans ses souvenirs, rien de ce qu'il avait vécu ne lui rappelait cet événement.

Béorf, intrigué et prêt au combat, se tenait déjà sur une estrade centrale, juste aux côtés de Junos, seigneur et roi de Berrion. Ce dernier paraissait perplexe et inquiet dans sa chemise de nuit. Son bonnet jaune et vert lui donnait un air ridicule. De loin, il ressemblait à un vieux clown. Tous les regards convergeaient vers le centre de la place. Amos se fraya facilement un chemin dans la foule compacte qui s'écartait sur son passage. Ses parents, Frilla et Urban Daragon, virent leur fils rejoindre le seigneur Junos et Béorf sur l'estrade de fortune. Encore là, le sentiment de déjà-vu s'imposa. C'est comme si le garçon avait pu prédire, dans les moindres détails, ce qui allait se passer à la seconde près.

Au centre de l'assemblée, une vingtaine d'hommes se tenaient fièrement debout, le dos droit, dans une parfaite immobilité. Leur peau était noire comme la nuit, et leur corps arborait de magnifiques peintures de guerre aux couleurs éclatantes. Ces combattants venus d'on ne sait où avaient la tête rasée et portaient d'énormes bijoux faits d'or, de pierres précieuses et d'ossements d'animaux. Ils étaient légèrement vêtus de peaux de bêtes, exposant ainsi aux regards de tous leur puissante musculature et d'énormes cicatrices de combat. Le nez large et plat, les lèvres charnues, le regard injecté de sang et les dents taillées en pointe, ces hommes aux pieds nus portaient sur le dos de puissantes lances. Près d'eux, cinq panthères noires se reposaient, la langue pendante. Amos les avait déjà vus. Ce spectacle lui était familier. Le garçon ne bougea pas et observa avec insistance ce groupe de guerriers venus d'ailleurs.

Junos se tourna vers Amos et dit, d'une voix éteinte et angoissée :

— Alors, mon garçon, tu as l'air complètement ahuri… Tu n'es pas réveillé ou quoi ? Si tu veux un bon conseil, tombe vite sur tes pattes. Je t'ai fait lever, car ces gens demandent à te voir. Ils sont arrivés aux portes de la ville ce matin en demandant spécifiquement à te rencontrer. Ce sont probablement des démons, fais bien attention à toi ! Regarde-moi la taille de leurs chats, ils sont immenses !

Amos regarda son vieil ami droit dans les yeux et marmonna :

— Si les choses tournent mal, tes chevaliers sont prêts à l'attaque. Au moindre signe d'hostilité, vous les enverrez vite fait en enfer !

— Comme c'est étrange ! s'exclama Junos d'un air incrédule. C'est exactement, mot pour mot, ce que j'allais dire ! Depuis quand lis-tu dans les pensées, jeune sorcier ?

— Depuis ce matin, répondit le garçon pour lui-même.

Amos se tourna vers son ami Béorf et lui fit un signe de la tête. Celui-ci comprit immédiatement ce que son camarade attendait de lui. Il descendit de l'estrade avec Amos et se plaça un pas derrière lui, prêt à se métamorphoser en ours et à bondir.

— Je suis celui que vous vouliez voir, dit Amos, angoissé.

Les guerriers noirs se regardèrent les uns les autres et s'écartèrent lentement sur le côté. Tout le monde put alors apercevoir, au centre de leur formation, une fillette d'une dizaine d'années qui s'avançait dignement vers Amos. Jusque-là, personne ne l'avait remarquée, mais le jeune porteur de masques savait depuis le début qu'elle était là, protégée par ses hommes. Sa peau avait la couleur de l'ébène. Ses cheveux, très longs et tressés de centaines de nattes, touchaient presque le sol. L'enfant portait autour du cou, de la taille, des poignets et des chevilles, de somptueux bijoux en or. De larges bracelets, de belles ceintures finement entrelacées, des colliers adroitement ciselés et de nombreuses boucles d'oreilles de différentes formes lui donnaient l'air d'une princesse. Elle était magnifique. Entre ses narines, une parure discrète de forme allongée lui traversait le nez. La fillette portait une cape de fourrure noire et une robe en peau de léopard qui laissait entrevoir son nombril. Celui-ci était percé d'un bijou doré orné d'une pierre verte.

Amos ne parvenait pas à détacher son regard d'une de ses boucles d'oreilles. Il avait la profonde certitude d'avoir déjà eu ce bijou dans la bouche ! Pourquoi et comment était-il arrivé là ? Impossible pour lui de se rappeler. La fille s'arrêta devant lui et, le regardant droit dans les yeux, lui dit :

— Je suis Lolya, reine de la tribu des Dogons. J'ai fait un long voyage, un très long voyage depuis ma terre natale pour venir vous rencontrer. Le baron Samedi, mon dieu et guide spirituel, m'est apparu et m'a ordonné de vous remettre ceci.

Amos sut immédiatement que le coffre contenait le masque du feu. Un des éléments indispensables à sa magie. La reine fit alors claquer ses doigts. Un des guerriers noirs s'avança et déposa aux pieds de la fillette un coffre de bois. Avec précaution, elle l'ouvrit. La curiosité l'emportant maintenant sur leurs craintes, tous les spectateurs s'étaient un peu rapprochés pour essayer de voir le mystérieux cadeau.

— Prenez-le ! déclara solennellement Lolya qui s'inclina de façon respectueuse. Cet objet est maintenant à vous !

En effet, le masque était là, exactement comme Amos l'avait pressenti. Le garçon leva la tête et fit un sourire nerveux à Lolya.

Celle-ci, incapable de se retenir, éclata de rire en disant :

— Mais… j'ai la peau noire et les dents blanches et vous avez la peau blanche et les dents noires ! C'est très curieux !

À ce moment, sans comprendre pourquoi, Amos sut exactement ce qu'il avait à faire. Il cria à pleins poumons :

— Saisissez-vous de ces hommes !

Immédiatement, tous les chevaliers bondirent sur les Dogons et les immobilisèrent.

Les guerriers noirs, surpris par cette attaque soudaine, n'eurent pas le temps de réagir et n'offrirent aucune résistance. Aussitôt, Amos lança à Béorf :

— La fille, mon ami, plaque-la par terre !

C'est un ours puissant qui, à la vitesse de l'éclair, s'abattit sur Lolya. Il la cloua au sol sans qu'elle puisse réagir en employant sa magie. Une voix terrible, profonde et caverneuse, sortit de la gorge de la fillette et hurla cet avertissement :

— Lâchez-moi, mortels, ou vous le payerez cher !

Amos se pencha rapidement sur Lolya. Avec sa main, il appuya fortement sur sa mâchoire inférieure. Tenant ainsi sa bouche ouverte, il y plongea l'autre main. Au fond de sa gorge, le jeune garçon sentit un objet dur et rond. D'un mouvement vif, il glissa ses doigts autour et l'arracha violemment. L'assemblée put alors voir Amos tenir une pierre rouge à bout de bras. Lolya poussa un violent cri et perdit immédiatement connaissance. Junos, abasourdi devant la scène, demanda :

— Mais que se passe-t-il, Amos ? Qui sont-ils ? Et cette pierre ? Explique-nous, s'il te plaît !

— Je ne sais pas comment t'expliquer, Junos, je ne sais pas comment répondre aux interrogations de tous, commença par dire Amos avec circonspection. Je me suis fié à mon instinct et je ne sais pas encore si j'ai fait la bonne chose. Ai-je vraiment les dents noires ?

— On dirait qu'elles sont tachées, lui répondit Béorf, redevenu humain. Ouvre la bouche pour voir ! Oui, tes dents et tes gencives sont complètement noires.

— C'est étrange, reprit Amos. Dès que Lolya a fait allusion à mes dents, j'ai tout de suite su ce que je devais faire. La pierre que je lui ai retirée est une draconite. Lolya se serait transformée en dragon si je ne la lui avais pas enlevée. Par cette action, je pense avoir évité une terrible catastrophe. C'est le baron Samedi, celui qu'elle appelle son guide spirituel, qui l'a piégée en lui plaçant la draconite dans la gorge.

— Mais comment sais-tu tout cela ? demanda Junos avec insistance. Et pourquoi tes dents sont-elles noires ?

— Je n'en ai pas la moindre idée, lança Amos en haussant les épaules. Par contre, je sais exactement ce que je dois faire de cette pierre.

Amos prit le masque. Fait en or, il représentait la figure d'un homme dont la barbe et les cheveux dessinaient des flammes. Le garçon y enchâssa la draconite. Très cérémonieusement, Amos plaça le masque sur son visage. Sous le regard de tous, le faciès d'or se fondit à son visage. Les pieds d'Amos s'enflammèrent instantanément. Des murmures d'étonnement fusèrent de l'assemblée. Les flammes grimpèrent lentement de ses chevilles jusqu'au bout de ses doigts en s'enroulant sur son corps comme mille serpents. Le garçon était maintenant une torche humaine. Sous les ordres de Junos, des serviteurs lancèrent plusieurs seaux d'eau sur lui. Rien n'y fit, Amos flambait encore. Toujours debout, il leva les bras et dit :

— Ne vous inquiétez pas. Le masque fait maintenant corps avec moi. Nous fusionnions tous les deux !

Après quelques minutes de combustion intense, le feu commença à perdre de son intensité. Les flammes moururent une à une.

Le masque avait complètement disparu du visage d'Amos. Étonné, Junos s'exclama:

— Eh bien, jeune homme, je comprends mieux ce que tu m'as déjà expliqué plusieurs fois. Tu m'avais dit avoir intégré le masque de l'air et je dois t'avouer que je n'arrivais pas à me figurer une telle chose! Maintenant, je vois!

— Il y a quatre masques, répondit Amos. J'ai intégré celui de l'air au cours de notre première aventure et maintenant je possède celui du feu. Il me reste le masque de l'eau et celui de la terre à trouver. Je dois aussi chercher les pierres de pouvoir qui augmenteront mon contrôle des éléments.

Alors qu'il regardait autour de lui, Amos vit le cuisinier, l'espion de Yaune le Purificateur. Il marcha jusqu'à lui et dit:

— Je sais que tu es un informateur à la solde d'un de nos ennemis. Tu dois le rencontrer bientôt, n'est-ce pas?

Le cuisinier tomba à genoux et déclara sur un ton suppliant:

— Oui, vous avez raison. Ne me faites pas de mal! Le chevalier désire tendre un piège à Junos et m'a demandé de l'informer d'une éventuelle sortie du seigneur de Berrion. Il m'a promis de l'or, beaucoup d'or! Ne me faites pas de mal, je vous dirai tout! Je vous informerai du lieu de notre rendez-vous, je vous révélerai tout!

— Très bien, dit Amos en se tournant vers Junos. C'est maintenant à notre tour de lui tendre un piège !

***

Le cuisinier s'avança dans la clairière. Il se frottait nerveusement les mains et suait abondamment. Yaune le Purificateur apparut sur son gros cheval roux, en descendit d'un bond et s'approcha lentement de son espion. Son bouclier arborait des armoiries représentant d'énormes têtes de serpents. L'homme retira son casque. Il avait toujours sa large cicatrice sur la joue et le mot « meurtrier » tatoué sur son front. Le cuisinier prit immédiatement la parole :

— Donnez-moi ce que vous m'avez promis et je vous dirai tout !

— Du calme, misérable vermine ! répondit brutalement Yaune. Je te payerai lorsque que tu m'auras dit ce que je veux entendre.

— Dans ce cas, ce n'est pas à moi que vous aurez affaire, mais plutôt à lui ! répondit le cuisinier en pointant du doigt l'autre bout de la clairière.

Dans la lumière du matin, Amos apparut au loin, accompagné de Béorf et de Lolya. Il cria au chevalier :

— Rends-toi, Yaune, ou tu le regretteras! Les hommes de Berrion entourent cette clairière. Tu es pris au piège.

— Amos Daragon? C'est bien toi? Mais tu devrais être mort! Tu ne devrais pas être là!

— Comme tu peux le voir, je suis bel et bien là! Je te le demande pour la dernière fois: rends-toi!

Yaune sauta sur sa monture et fondit à toute vitesse sur le garçon. À ce moment, les chevaliers de Junos sortirent rapidement de la forêt. Amos leur fit signe de ne pas bouger. Il ferma ensuite les yeux et leva la main vers son ennemi. À ce moment, Yaune sentit une puissante chaleur l'envahir. Son armure devenait de plus en plus chaude. Tout le métal couvrant son corps était brûlant. Le cheval, dont la peau était directement en contact avec l'armure, se cabra en expulsant violemment son cavalier. Yaune mordit brutalement la poussière. En se relevant, étourdi par sa chute, il commença à injurier ciel et terre. Incapable de supporter plus longtemps les brûlures que lui infligeait sa propre armure, il la retira aussi vite qu'il put. Sous les rires des hommes de Berrion et de Junos, le chevalier se retrouva bien vite presque complètement nu. Blessé dans son orgueil, il poursuivit sa course vers Amos, les poings fermés et les dents serrées.

Tout se déroulait exactement selon le plan établi. Comme convenu, Béorf se transforma en ours et s'élança vers Yaune. Le gros garçon sauta en l'air et entra de plein fouet dans le chevalier. Assommé par ce violent choc, l'homme tomba sur le dos et demeura quelques secondes par terre. Juste assez de temps pour que Béorf l'immobilise en lui saisissant le cou avec ses dents. Prisonnier de la puissante mâchoire de l'ours, Yaune se radoucit et dit :

— Allons, allons, tout cela n'est pas sérieux ! J'ai déjà payé ma dette envers vous. On m'a condamné à l'errance ! On m'a tatoué comme du bétail ! Je ne vous ai rien fait ! Relâchez-moi !

Amos et Lolya s'approchèrent de lui. Le porteur de masques prit la parole :

— Jamais tu ne nous laisseras en paix. Ton désir de vengeance te consume et t'aveugle. J'ai la charge de rétablir l'équilibre de ce monde et, pour cela, tu dois être arrêté !

— Qu'allez-vous faire ? Vous allez me tuer ? M'emprisonner peut-être ? demanda Yaune, manifestement vexé.

— Non, répondit calmement Amos. Si nous t'emprisonnons, tu trouveras certainement un moyen de t'échapper. Il n'y a d'ailleurs aucune prison à Berrion. Nous ne te tuerons pas non plus.

— Dans ce cas, fit Yaune en riant, vous ne pouvez rien contre moi!

Amos sourit en demandant à Lolya de s'approcher. La fillette se pencha au-dessus du corps du chevalier. Elle tenait une poule sous son bras. Junos et ses hommes, entourant maintenant leur ennemi, allumèrent une dizaine de bougies. Lolya se mit à danser autour du chevalier en psalmodiant d'étranges incantations. Les guerriers dogons encerclèrent la scène et, au son de leurs tambours, rythmèrent la danse de leur jeune reine. Sous le regard médusé de Yaune, Lolya saisit l'âme du chevalier et l'échangea contre celle de la poule. Une fois la cérémonie terminée, la reine des Dogons demanda à Béorf de libérer l'homme. Le gros garçon s'exécuta.

Le terrible chevalier se leva immédiatement et se mit à caqueter. Regardant nerveusement autour de lui, Yaune s'enfuit en battant des bras, effrayé par les rires de tous les spectateurs. Lolya, épuisée mais contente, dit:

— Voilà, Amos! En voici un qui ne fera plus jamais de mal à personne! Si tu le désires, je te remets la poule. Garde-la toujours dans une cage, elle va sûrement avoir un très mauvais caractère!

— Merci beaucoup, répondit Amos en rigolant. Elle fera maintenant partie du grand poulailler de Berrion. Crois-moi, nous ne mangerons jamais ses œufs!

— Je te remercie encore de ce que tu as fait pour moi, ajouta la jeune reine. Tu m'as libérée de la draconite et je peux maintenant retourner dans mon pays. Mon peuple est sauvé! Les Dogons te doivent une fière chandelle. Je serai toujours là pour toi si tu as besoin de moi. Mes pouvoirs et ma magie seront toujours à ta disposition.

— Allez! lança joyeusement Amos. Retournons à Berrion! Tu dois te reposer avant de retourner chez toi. Nous fêterons notre victoire!

— Et j'espère qu'il y aura un grand banquet! s'écria Béorf, affamé.

— Nous te donnerons tellement à manger que tu exploseras, Béorf! répondit Junos en lui tapant amicalement sur l'épaule.

La joyeuse troupe se mit en route. À l'aube de cette nouvelle journée, c'est en chantant qu'Amos, Béorf, Junos et les hommes de Berrion regagnèrent leur ville.

20
La draconite

Dans les grandes forêts du Nord, une fillette pleurait à chaudes larmes. Perdue, l'enfant était désespérée. Ses parents l'avaient envoyée chercher du bois pour faire cuire le souper. Le soleil tombait à l'horizon, et le hurlement des loups se rapprochait dangereusement. La petite, blonde comme un rayon de soleil, grelottait de tout son corps. Ses yeux bleus fixés sur l'immense forêt, elle essayait de percer l'obscurité de plus en plus opaque de cette fin de journée. Sa robe, déchirée par les branches, laissait passer le vent froid de l'automne. Des feuilles multicolores tombaient çà et là en formant un épais tapis sous ses pieds.

Soudain, entre les branchages, la fillette vit se découper une silhouette. C'était un homme squelettique dont les yeux brillaient comme des feux ardents. Longiligne et portant un haut-de-forme, il avait la peau de couleur bourgogne. Un long manteau de cuir noir lui couvrait complètement le corps. En allongeant sa canne, dont le pommeau doré avait la forme d'une tête de dragon, il arrêta la fillette. Très paternellement, cet étrange homme lui demanda :

— Tu es perdue, ma belle fée des bois ?

La petite acquiesça d'un signe de la tête.

— Eh bien, c'est ton jour de chance ! Je me présente. Je suis le baron Samedi et, bientôt, je serai ton meilleur ami. Viens dans mes bras et laisse-moi te raconter une histoire.

La fillette se laissa prendre. Trop contente de trouver de l'aide dans cette forêt, elle n'offrit aucune résistance.

— N'aie pas peur des loups, ma jolie, je suis beaucoup plus fort qu'eux, reprit le baron en souriant de façon sinistre. Tu es en sécurité maintenant ! Tu es sauvée ! Écoute mon histoire…

Le baron sortit une pierre rouge de son manteau et l'enfonça violemment dans la bouche de l'enfant. La pierre s'enchâssa dans le fond de sa gorge en pénétrant lentement sa peau derrière la luette. Manifestement satisfait, le dieu reprit la parole :

— Dans les temps anciens, la Terre était peuplée de magnifiques créatures. Ces bêtes, grandes et puissantes, furent pendant des siècles les maîtres du monde. Elles dormaient sur de gigantesques trésors au cœur des montagnes. Un jour, à cause de la convoitise des hommes, ces animaux fantastiques disparurent de la surface de la Terre. Je t'ai choisie pour devenir le premier des grands dragons qui renaîtront bientôt partout, sur tous les continents, dans toutes les contrées. J'avais placé mes espoirs dans une autre fillette, mais elle s'est détournée de ma voie. Je voulais un grand dragon noir, j'aurai à la place une magnifique bête dorée, aux yeux bleus !

La petite fille, maintenant sous l'emprise de la draconite, serra fortement le baron Samedi et l'embrassa sur la joue. Le dieu, au comble du bonheur, continua à lui parler tendrement en caressant sa longue chevelure bouclée.

— Tu n'as maintenant plus de famille, je suis ton père, ta mère, ton guide spirituel, ton présent et ton avenir ! Tu deviendras le plus beau des dragons, la plus puissante des créatures de ce monde. D'ici quelque temps, ton corps se transformera ! Tu pourras voler sur de très longues distances, manger des troupeaux entiers de savoureux moutons et t'amuser à détruire tous les villages que tu rencontreras sur ton chemin.

La fillette leva la tête et demanda candidement :

— Est-ce que je pourrais me venger de mon grand frère qui me fait toujours du mal?

Le baron éclata d'un grand rire sadique. Arborant un large sourire qui laissait voir ses dents blanches et bien droites, le père des dragons répondit:

— Tu commenceras par te venger de lui, et puis, ensuite, tu vengeras ta race de tous les hommes. Nous monterons ensemble sur le grand trône de ce monde et nous gouvernerons toutes les créatures terrestres. Tu seras beaucoup mieux que Lolya! Au fait, comment t'appelles-tu, petit ange?

— Je m'appelle Brising!

— C'est très joli comme nom! Quand tu deviendras un dragon, je te donnerai un nouveau nom. Tu t'appelleras RAGNARÖK!

— Et qu'est-ce que cela veut dire? demanda Brising, curieuse.

— Cela veut dire «crépuscule des dieux», répondit gentiment le baron. Avec toi, le monde connaîtra les ténèbres pour ensuite renaître dans ma lumière.

Sur ces mots, Brising et le baron disparurent dans la forêt pendant que, au loin, les voix des habitants du village appelaient anxieusement la fillette perdue.

Lexique mythologique

LES DIEUX

Baron Samedi (le) : Dans la tradition haïtienne du vaudou, le baron Samedi est un des gardiens du chemin menant au monde des morts. Il porte toujours un chapeau haut-de-forme et une canne.

Dame blanche (la) : Elle est un personnage de contes et de légendes que l'on retrouve dans beaucoup de cultures. La Dame blanche aide les humains à accomplir leur destin.

Forsete : Il est le dieu germanique de la justice. Il demeure dans un palais aux imposants piliers d'or rouge et au toit recouvert d'argent. C'est là qu'il rend ses jugements et arbitre les conflits.

Seth : Dans la mythologie égyptienne, il est le dieu de l'Obscurité et du Mal. Les Égyptiens l'associaient au désert et le représentaient souvent sous la forme d'une créature imaginaire ou d'un homme à tête de monstre. Il est aussi associé au crocodile, à l'hippopotame et aux animaux du désert.

LES CRÉATURES DE LÉGENDE

Ange: Les anges sont d'importants personnages de l'ensemble des religions judéochrétiennes. Ils ont la même taille que les humains et portent toujours des ailes. Les plus importants sont Michael, le chef des armées célestes, et Gabriel, que l'on associe à l'annonciation, à la résurrection et à la mort. Chez les musulmans, Gabrielle est l'ange de la vérité.

Charon: Ce personnage est aussi connu comme le passeur des morts. Dans la mythologie grecque, c'est lui qui fait traverser le Styx aux âmes condamnées à rejoindre les enfers. Charon n'accepte dans son embarcation que les morts ayant été proprement enterrés selon les rites et les usages grecs. Les passagers doivent toujours lui payer un droit de passage.

Demon: Les démons sont nombreux et se comptent par centaines dans toutes les mythologies du monde. Ils sont les représentations, sous diverses formes, du mal et du vice.

Dragon: De la même taille que les éléphants, les dragons ont vécu en Europe, au Moyen-Orient, en Asie Mineure, en Inde et en Asie du Sud-Est. Selon les légendes, ils habitent dans des cavernes et peuvent aisément vivre plus de quatre cents ans.

Fougre (le): Le Fougre est un type de gobelin irlandais pouvant prendre diverses formes animales. Ses yeux sont étincelants et il est souvent complètement noir. Il aime par-dessus tout se transformer en poney, faire monter sur son dos un innocent passager pour lui offrir ensuite une infernale chevauchée et le propulser dans un fossé.

Guède: Les guèdes sont les esprits de la mort. Dans la tradition vaudou d'Haïti, ils sont associés au pourrissement des corps et à renaissance de la vie. Ce sont des esprits moqueurs et irrévérencieux.

Hommanimal: Les hommanimaux sont présents dans toutes les cultures de tous les pays. Le loup-garou est la plus célèbre de ces créatures. Parfois gentils et parfois menaçants, les hommanimaux se divisent en races et en espèces. La pleine lune joue souvent un rôle important dans la transformation d'un homme en animal.

Liche : Les liches sont les plus puissants de tous les morts vivants. En plus d'être immortelles, ces créatures possèdent de très puissants pouvoirs magiques. Elles ont l'apparence d'un squelette et portent toujours une couronne d'or en signe de leur majesté.

Styx (le) : On ne connaît pas avec certitude les origines de ce fleuve que l'on appelle aussi « la rivière de la haine ». Son cours sépare le monde des vivants de celui des morts. Il est dit dans la mythologie grecque que le Styx fait neuf fois le tour d'Hadès (le monde souterrain des enfers) avant de disparaître dans le néant.